Wolfram Dieter Martin
Der Traum vom verlorenen Hotel

Der Autor – Wolfram Dieter Martin, geboren 1950 in Stralsund, absolvierte eine Ausbildung als Betriebsschlosser, studierte Energiewirtschaft und arbeitete in verschiedenen Betrieben Ost-Berlins. 1991 wechselte er in den Vertriebsdienst, wo er bis zu seiner Berentung im Jahre 2010 tätig war. Er schreibt Lyrik und Kurzgeschichten und arbeitet an einer Roman-Tetralogie. Er lebt heute in Woltersdorf bei Berlin, widmet sich der Ölmalerei und ist Mitglied zweier Schreibwerkstätten.

Das Buch – Wolfram Dieter Martin schreibt über die Liebe, Sehnsucht, Leidenschaft sowie über das Verblassen und das Fehlen dieser. Er schreibt über das Leben in seinen merkwürdigsten Facetten, über eine glanzlose Realität, über die Monotonie des Alltags, über den Trott, und er verleiht dem Ganzen dabei etwas Bittersüßes. Mit seiner lebendigen Sprache vermag er die Naivität eines Kindes in die Fantasie des Erwachsenen zu tragen und durch ihren häufig skurrilen Charakter dem Leser ein Lächeln abzuringen. Und ihn mit Fragen zurückzulassen. Dabei droht dieses Chaos nicht nur zu erdrücken, sondern auch immer wieder zu begeistern. Wolfram zeigt die Reizüberflutung der Kindheit, des Heranwachsens und des Daseins, das Verleben und Altwerden. Mit Kleinigkeiten wird das Ferne zu uns geholt, mit Erinnerungen auf die Vergangenheit und mit Träumen und Wünschen in die Zukunft geblickt. Er zeigt uns, welche Kraft Ängste haben können, dass die Einsamkeit schön sein kann und dass das gewöhnliche Leben immer wieder zu überraschen vermag. Mit seinen Worten verdreht er die Realität und gibt dem Ernsten einen Witz, macht den Alltag zum Unalltäglichen. Dabei lesen sich seine Geschichten teils wie Poesie und seine Gedichte wie Prosa. Seine Bilder fordern zum Verweilen auf. Dieses Buch sollte so gelesen werden, wie es geschrieben wurde: mit Sorgfalt und Blick aufs Detail, gewissenhaft. (T.V.)

Wolfram Dieter Martin

Der Traum vom verlorenen Hotel

Kurzgeschichten und Gedichte

Verlag: BoD · Books on Demand GmbH, Überseering 33,
22297 Hamburg, bod@bod.de
Druck: Libri Plureos GmbH, Friedensallee 273, 22763 Hamburg
ISBN: 978-3-8192-7708-5

Umschlaggestaltung: Anke Voigt/Wolfram Dieter Martin
Autoren-Foto: Anke Voigt
Ölmalerien: Wolfram Dieter Martin

*„Manch ein Buch
ist wie ein Schlüssel
zu unbekannten Kammern
im eigenen Schloss."*

Franz Kafka

Stralsund Panorama Hafen

Früher bei uns zu Haus

Ich liege in meinem Wandklappbett im schmalen Verbindungsgang zur ganzen Wohnung. Es ist Samstag. An Ausschlafen im Sinne meiner Eltern ist nicht zu denken. Selbst wenn es spät wird, halten sie daran fest, dass acht Uhr gerade die rechte Zeit sei, sich hoch zu bemühen.

Als erstes wird im Gang die mittlere Tür aufgeklinkt. Den Nachttopf voran, zwängt Großmutter sich durch die Lücke an meiner Schlafstatt vorbei. Ich rieche nichts, sie verschüttet auch nichts. Halb im Tran gebe ich brummende Laute von mir, für die ich mich später entschuldige. Sie ist sechsundsiebzig und hat ihr Kreuz zu tragen; zudem kann sie weiß Gott nichts für die Wahl meiner Aufbettung. Wir wohnen halt seit drei Jahren in diesem puppenstubengroßen Heim.

Dann wird die Tür an der Stirnseite regelrecht aufgestoßen. Der Vater im Schlafrock dringt schonungslos in meinen Bereich ein, die Mutter im langen Nachtgewand hinterher. Ich stelle mich schlafend. Nun drückt er sich maulend an der besagten Engstelle vorbei, indessen sie barfuß aufs Bett steigt, leicht wacklig über die Matratze balanciert und von meinem Kopfende aus in den Flur springt.

Eine Weile später geht es im schmalen Gang zu wie in einem Taubenschlag. Und mir wird klar, hier weht gleich ein anderer Wind. Alle Türen im angrenzenden Flur höre ich schlagen, dazwischen diese dumpfen, stampfenden Schritte, deren Rücksichtslosigkeit mir schon nicht mehr bewusst ist. Das Wirrwarr von Stimmen wird lauter, meine Wahrnehmung empfindsamer. Das Gefühl eines heillosen Durcheinanders, was an Hysterie grenzt, treibt mich spontan aus dem Bett. Meine Freiheiten im Patriarchat sind begrenzt, unterliegen strengen Regeln. Ich klappe eilig das Bett hoch, schließe ruckartig den Vorhang, ziehe mir dann schnell etwas über und trotte willfährig zur guten Stube.

Die Tür steht weit offen. Ich gehe hinein und nehme Haltung an. Hier hat der Vater sein *Hauptquartier* aufgeschlagen. Dass er bereits diesen zerschlissenen, rotbraunen Sack anhat, bin ich seit Langem gewohnt. Er trampelt zwischen den abgerückten Möbeln umher, das Gesicht voller Grimm. Ich höre, wie ihm ein paar Mal das Wort *Saustall* entfährt. Hier und da in die Ecken malt mir mein Hirn dicke Spinnweben; ich halte mechanisch nach Flusen Ausschau. Die Mutter, gebückt neben dem Wischeimer, wirft mir tadelnde Blicke zu und meint, ich solle nicht dastehen wie ein Ölgötze. Sie hat Klamotten am Leib, in denen ihre schöne Gestalt nicht gerade reizend erscheint. Mir will partout nicht einleuchten, warum dieses ganze Theater schon wieder sein muss. Als Antwort auf mein Unverständnis bekomme ich meistens die Gegenfrage gestellt, ob es mir lieber wäre, im Dreck zu ersticken?

Der Vater sieht mich fest an. Ich verharre im Stillgestanden.

„Geh jetzt ins Badezimmer, Franz!", wirft er hin. „Und zieh dir was Altes an!"

Ich gehorche aufs Wort, mache aber nur Katzenwäsche. Wie es mit Frühstück aussieht, bringe ich gar nicht erst über die Lippen. Zum Glück hält Großmutter zur mir. In den schäbigsten Lumpen schlüpfe ich zu ihr in die Küche. Es muss alles ganz schnell gehen. Das Marmeladenbrötchen schlinge ich förmlich herunter; keine Zeit mehr, die Milch zu genießen. Es wird alles vorbeigehen, denke ich getrost. Du überstehst es. Sogar eine leichte Freude nähert sich mir. Schon bücke ich mich mit Bürste und Kehrschaufel auf den schnöden Teppich hinunter. Der Vater gibt skurrile Kommandos. Ich muss heimlich grinsen. Er

8

sieht Fussel, wo ich keine sehe. Was für ein nutzloser Aufwand, geht es mir durch den Kopf. Am Ende muss ich das schwere Ding ja doch einrollen, es mühselig die vier Stockwerke hinunter auf den Hof schleppen und über die Klopf-Stange bugsieren. Und das bei Eiseskälte. Das Ausklopfen und Bürsten ist mir über die Jahre in Fleisch und Blut übergegangen. Ein paar kleinere Exemplare gehören auch noch zum Ritual. Bei jedem Mal, wenn ich mit einem fertigen Teppich auf dem oberen Treppenabsatz anlange und in der nächsten Sekunde die Wohnungstür aufgeht, zeigt sich der Vater friedfertiger, nicht mehr so gereizt. Für die nächste Arbeit hält er mir sogar den Eimer zum Kohlenherauftragen hin. Ich vergehe fast vor Gehorsam. Bald hast du dein Soll erfüllt, wollen mir seine Augen wohl sagen.

Der Keller, so kommt es mir jedenfalls vor, ist schlechter beleuchtet als sonst. Jemand hat womöglich die Glühbirnen ausgetauscht. Ratten gibt es hier nicht. Mechanisch lege ich Brikett für Brikett in den Eimer, ein paar Scheite Holz noch dazu. Während des Hinaufsteigens füge ich mich wie immer darein, dass ich diese vier Treppen – was weiß ich, wie oft – hinaufsteigen muss, um in der Rumpelkammer die graue Vorratskiste zu füllen. Aus dem Badezimmer höre ich den Klang von fließendem Wasser. Ein Gefühl von Leichtigkeit stellt sich ein.

Gegen zwölf Uhr steht der Vater hinter mir. Er muss nichts sagen, ich kenne die weitere Abfolge: Eine ganze Batterie Schuhe reinigen, Creme auftragen und dann mit dem Lappen polieren. Sie fangen an zu glänzen, aber ich reibe heftiger, schneller, bis mir die Hände weh tun. Zu meiner Beruhigung achte ich auf das gleichmäßige Fließen des Wassers. Als ich fertig bin, mache ich mich automatisch ans Fegen und Wischen der Treppe. Flott geht es nicht, denn andauernd wollen Leute vorbei, obwohl alles nass ist und glatt. Nach Beendigung der

Arbeit lehne ich mich ein Weilchen ans Geländer, atme tief durch und begebe mich zurück in die Wohnung. Der vertraute Klang des Wassers hat aufgehört.

Als ich die gute Stube betrete, finde ich den Vater ordentlich gekleidet in seinem Sessel, die Beine weit von sich gestreckt. Die Mutter steht rechts neben ihm, aufrecht und unbeweglich. Sie trägt ihren blauen Kimono. Herrlich. Mir wird eine entspannte Körperhaltung gestattet. Ich schaue mich um. Das Mobiliar befindet sich wieder am alten Platz. Ich melde devot, dass ich fertig bin. Der Vater mustert mich von oben bis unten, seine Miene bekommt einen jovialen Ausdruck.

„Nein, nein, Franz", sagt er endlich, „du bist noch nicht fertig, es bleibt dir noch etwas zu tun." Seine Augen leuchten, er ist kurz davor zu lachen. „Los, runter mit den Klamotten, Bengel!", bricht es aus ihm heraus. „Und ab in die Wanne!"

Mir fällt wieder das Fließen des Wassers ein und wie auf Kommando, beinahe euphorisch, lasse ich meine Lumpen fallen. Nur im Schlüpfer stehe ich da. Der Vater dreht verschämt den Kopf weg, während sich die Lippen der Mutter zu einem Lächeln verzerren. Ihr Blick geht mir durch und durch. Früher dachte ich viel daran, hab's bloß schweigsam verdrängt; jetzt wo ich herangereift und schon dreizehn bin, kommt es mir erneut in den Sinn, ob ich sie nicht höflich unter vier Augen, nötigenfalls auch mit gefalteten Händen, bitten sollte, nicht mehr einfach ins Badezimmer zu schleichen, wenn ich bereits in der Wanne liege, um mich wie ein Kleinkind von oben bis unten abseifen zu wollen.

Die Gerademühle

Meine Großmutter hatte einen krummen Rücken; dementsprechend gebeugt ging sie auch. Im Angesicht ihres Buckels bin ich aufgewachsen, der Begriff Morbus Bechterew war mir damals nicht gegenwärtig. Äußerlich zeigte sie keine Schmerzen, trug es eher noch mit Humor.

In den Jahren der offenen Grenze fuhr Oma Martha gern für sechs Wochen nach drüben zu ihrer Nichte. Als kleiner Junge von acht oder neun Jahren konnte ich mit diesem Verwandtschaftsgrad nicht viel anfangen, für mich war sie schlichtweg nur Tante Wilma.

Immer wenn Oma im Mantel und mit gepacktem Koffer im Flur stand, wurde ich traurig.

„Musst du schon wieder verreisen?", fragte ich bitter. „Kannst du es nicht verschieben?"

Für mich lag Bremerhaven in unendlicher Ferne.

Behutsam strich Oma mir über den Kopf.

„Ach Junge", schmunzelte sie, „ich will doch noch in die *Gerademühle* wegen meines Rückens."

Ich sah sie erstaunt an. Sie setzte hinzu:

„Dort wollen sie mich wieder gerade rollen."

„Wirklich!?", rief ich aus. Ein Gefühl von Glück überflutete mich. „Das klingt ja wie Zauberei."

Meine Vorstellungskraft von der Beschaffenheit und Funktionsweise einer solchen Anlage war ziemlich dürftig. Das Verfahren muss äußerst schonend sein, dachte ich im Stillen, sonst würde Oma womöglich zermahlen. Gewiss ein ausgeklügeltes Rollensystem, welches sich dem Körperbau gut anzupassen vermag, nur leichten Druck ausübt, damit nichts zerbricht an den Knochen.

11

„Und es gibt tatsächlich diese wundersame Mühle?", suchte ich mich zu vergewissern.

„Na freilich", bekräftigte sie. „Die Apparatur wurde technisch mit größter Sorgfalt entwickelt."

Ich hatte die vielen Westpakete von Tante Wilma vor Augen, bestückt mit all den Herrlichkeiten, die es bei uns nicht gab. In Anbetracht dessen war es für mich durchaus glaubhaft, dass der Westen über eine derart intelligente Erfindung verfügte.

In der Zeit ihrer Abwesenheit blieben meine inneren Bilder äußerst verschwommen. Ich vermochte mir nicht wirklich vorzustellen, in welch neuer Gestalt mir Oma bei ihrer Rückkehr begegnete. Die sechs Wochen verflogen rasch. Es war einfach die Fülle des kindlichen Spiels, die mir die Zeit nicht lang werden ließ. Und ehe ich mich versah, stand Omas Frohnatur eines Nachmittags wieder in der Tür. Meine Augen wanderten prüfend über sie hin. Eine Veränderung konnte ich nicht entdecken, sie schwieg auch dazu.

In der Folgezeit beließ ich es bei gelegentlichem Hinschauen, ohne ihren Rücken genauer zu betrachten. Sie werden mit der Begradigung sehr vorsichtig begonnen haben, dachte ich bei mir. Ein Vorgang von Millimeterarbeit, der viel Geduld erforderte. Kein Mensch kann bei einer derart starken Verkrümmung erwarten, dass er bereits nach der ersten Behandlung die *Gerademühle* im vollständig aufrechten Gang verlässt.

Der Tag kam, an dem Oma wieder ihre übliche Reise nach drüben antrat. Automatisch dachte ich an die *Gerademühle* und dass es nun endlich weiterginge mit der Behandlung. Als sie zurückkehrte, war für mich auf den ersten Blick alles beim Alten. Man brauchte schon ein sehr scharfes Auge, um überhaupt einen Unterschied auszumachen. Aber auch die folgenden Male schien das viel gerühmte Verfahren nicht die erhofften Fortschritte zu bringen. Oma redete nicht darüber, sie nahm mich einfach nur in den Arm und erzählte mir abends Geschichten.

Mit der Zeit sah ich ihre Gestalt so, wie ich sie auch immer sehen wollte und nicht in meiner Einbildung. Über die *Gerade-mühle* wurde kein Wort mehr verloren, außer dass ich sie in dieser Geschichte erwähne.

Physikstunde

Wir hatten bei ihr Physik.

Unsere Lehrerin, Frau Schehag, war noch sehr jung, ein halber Teenager, gerade frisch von der Uni gekommen, mit Benotungen – so meine Vermutung –, hinter denen sich wohl jeder Schüler der 8b verstecken konnte.

Frau Schehag kam immer wie aus dem Ei gepellt. Ich kann mich an keine Unterrichtsstunde erinnern, in der sie auch nur annähernd das Gleiche trug. Sie stand mit dem Rücken zur Klasse – in jeder Hand ein Stück Kreide – und bekritzelte leidenschaftlich die Tafel. Mich irritierten diese abstrakten Bilder aus gekünstelten Formeln und wilden Symbolen. Da ich selbst leidenschaftlich gern zeichnete, vor allem im Sinne der Natur, hatte ich absolut nichts übrig für eine derart vegetationslose Kunst.

Als es nach einer Weile fast andächtig still wurde im Raum, fragte ich unseren Klassenprimus, ob er das ganze Gewirr von Zahlen, Buchstaben und Strichen deuten könne? Erwin Koglin, der gerne selbst öfter in höheren Sphären schwebte, erklärte salbungsvoll, es handle sich um eine Bilderassoziation, wo Linien und Kurven mit all den dazugehörigen Symbolen die grundlegenden Phänomene der Natur zeigen sollen. Jene gelte es zu untersuchen. Das Werk an der Tafel demonstriere sozusagen Physik im Spiegel der Kunst. Mit Staunen und Befremden hörte ich dann noch den Begriff *Isochore* aus seinem Mund. All das ging über meinen Horizont; es war mir peinlich.

Endlich legte Frau Schehag die Kreide aus der Hand. Leichtfüßigen Schrittes kam sie auf mich zu, blieb neben meinem Platz stehen, aufrecht und unbeweglich. Ich erhob mich und ließ meinen Blick langsam über sie hingleiten. Ihr Blondhaar war lang nach hinten gestrichen; sie roch einfach gut. Mir war, als müsste ich sie berühren und bekam Herzklopfen. Ihre Kleidung, so flüsterte mir die Vernunft, darfst du nicht anfassen.

„Frau Schehag", platzte es plötzlich aus mir heraus, „ich muss Ihnen was gestehen."

Ihre Augen waren erwartungsvoll auf mich gerichtet.

„Ich verstehe Physik nicht".

Sie starrte mich groß an. Ich machte eine Pause und fügte dann hinzu:

„Entschuldigung, Ihre geometrischen Bilder zeigen nach meinem Verständnis Sternhaufen im großen Andromedanebel."

Ein Gelächter ging durch die Klasse. Frau Schehag blickte einen Moment lang betroffen um sich und ihr Gesicht wurde traurig. Tränen erschienen in ihren Augen. Ich sagte sanft:

„Aber, Frau Schehag."

Sie fing an zu weinen. Ich überlegte eine Sekunde, sie in den Arm zu nehmen. Nach einem Weilchen machte sie auf dem Absatz kehrt; ich folgte ihr bis vorne ans Pult. Ich sagte zärtlich:

„Frau Schehag." Sie blickte auf, und ich fuhr fort:

„Warum weinen Sie denn?"

Ganz in Tränen aufgelöst fing sie mechanisch an, ihre kleine lederne Tasche zu packen. Und ich setzte hinzu:

„Ich meinte es doch nicht so".

Sie tupfte sich die Wangen mit ihrem Taschentuch ab. Ich fühlte mich unbehaglich, die Kehle war mir wie zugeschnürt. Alle Augen in der Klasse richteten sich auf mich. Ich öffnete wieder den Mund und sagte:

„Physik liegt mir halt nicht, meine Auffassungsgabe ist gehörig schlecht."

Und als ich dann noch mit dem Geständnis herausrückte, dass mir Chemie und Mathematik genau solche böhmischen

Dörfer wären, riss ihr wohl endgültig die Geduld. Sie brauchte nur wenige Schritte, ging hinaus und schloss leise die Tür. Ich wollte ihr etwas hinterherrufen, aber ich vermochte nicht zu sprechen.

In der Klasse wurde es mucksmäuschenstill. Man hörte ihre Schritte sich auf dem Korridor verlieren. Die meisten von uns eilten ans Fenster. Frau Schehag verließ das Gebäude, überquerte den Hof und nahm dann den angrenzenden Weg durch den Park.

Ich setze mich auf meinen Platz und versuchte nachzudenken. Mehrere Minuten verstrichen. Ich empfand weder Lust noch Unlust. Mir war, als ginge mich meine eigene Zukunft nichts an. Ich stand auf und fing an, die Tafel zu wischen. Nach einer Weile merkte ich, dass ich bereits ein Stück Kreide in der Hand hielt. Es fiel mir nicht schwer, ihr Porträt aus dem Gedächtnis zu malen.

Ein schlechter Traum

Ich träumte:

Es war in der traurigsten Zeit im November gewesen, da hatte ich mich auf den Weg zur Schule begeben müssen. Nach gut einer Viertelstunde beim langsamen Dahinschlendern war mir erst so richtig klar geworden, dass ich ohne Ranzen und ohne diverse sonstige Utensilien zum Unterricht bei Herrn Blumtal alles andere als willkommen sein würde. Zum Umkehren blieb keine Zeit, das Gebäude war schon ganz nah.

Im langen Flur, der frisch getüncht noch ein wenig nach Farbe zu riechen schien, hatte mich diese Lehrkraft unter den zahlreich sich drängenden Köpfen unschwer ausmachen können. Ich rechnete mit lebhaftem Ärger, den meine Nachlässigkeit unweigerlich hätte auslösen müssen. In der Hoffnung, den zu umgehen, gestand ich ihm, schlecht geträumt zu haben und äußerte daher den Wunsch, mich für heute vom Unterricht zu befreien. Nach einem bedrückenden Schweigen rief Blumtal mit dröhnender Stimme:

„Bengel, geh jetzt in deine Klasse, du bist wieder der Letzte!"

Klopfenden Herzens betrat ich den Raum. Der Anblick, der sich mir bot, machte mich sprachlos. So dicht wie sämtliche Tische aneinandergerückt standen, war für mich kein Durchkommen möglich. Mein Platz war besetzt, auch woanders war nichts frei. Ich musste stehen.

Nach einer halben Ewigkeit ging endlich die Tür auf. Blumtal, einen Stapel Hefte unter dem Arm, stolzierte herein. Er ging steif, hielt sich kerzengerade, legte dann den Stapel aufs Pult und sagte betont laut:

„Ihr bekommt heute eure zensierten Diktate zurück."

17

Ich fühlte, dass er mich ansah, und nach einem Weilchen ergänzte er:

„Die Arbeiten sind gut ausgefallen, überwiegend Einsen und Zweien."

Meine Verblüffung war groß. Ich wusste überhaupt nicht, wovon er sprach. Was für Diktate?

Die Irritation nahm ihren Lauf. Während Blumtal die Hefte verteilte, strich er dem einen oder anderen meiner Mitschüler lobend über den Kopf. Es wirkte aufgesetzt. Ich stand da wie betäubt. Und überall herrschte auf einmal dieses dreckige Grinsen. Ich empfand die Szene wie ein makaberes Spiel. In all diesen Duckmäusern, die unterwürfig die Schulbank drückten, sah ich nichts anderes als eine mit Blumtal eng verschworene Bande.

Spontan hatte ich mir eines der Hefte gegriffen und eifrig darin geblättert. Die Seiten waren liniert, enthielten aber kein einziges Wort. Eine solche Hinterlist war an Böswilligkeit kaum zu überbieten, ich fühlte mich klein und wertlos. Als Blumtal dann noch laut tönte, ich solle nicht dumm herumstehen, sondern mich endlich auf meinen Arsch setzen, worin seine Komplizen lachend mit einstimmten, fühlte ich mich restlos von allem ausgeschlossen …

Jemand rüttelte an meiner Schulter. Ich kam langsam zu mir, wie nach einer Narkose. Die Gegenstände in meinem Zimmer sahen fahl und verschwommen aus. Ist das noch eine Fortsetzung des Traumes oder Wirklichkeit?, dachte ich bei mir. Das vertraute, sanfte Gesicht der Heimleiterin schien über mir zu schweben wie ein Ballon. Furcht ergriff mich, ich wandte die Augen weg. Und eine Stimme, wie von weit her, sagte:

„Du musst aufstehen, Wolfgang, es wird Zeit für die Schule."

Ich erhob mich und setzte mich auf die Bettkante. Frau Krönes hockte neben mir. Alles war grau und gestaltlos. Von neuem ergriff mich Furcht, ich sagte verstört:

„Was wird nun mit mir? Wann holen meine Eltern mich ab?"

Frau Krönes sah mich an, strich mir leicht über die Schulter und druckste:

„Deine Eltern können nicht kommen, wir müssen noch abwarten. Vielleicht schreiben sie bald."

Das Herz krampfte sich mir zusammen.

„Ja", sagte ich, „es ist alles so traurig, seit die Mauer gefallen ist."

Mechanisch stand ich auf, wusch mich, zog meine Sachen an. Draußen goss es in Strömen. Ich zögerte loszuziehen. Schließlich griff ich nach meiner Mappe, packte wahllos einige Bücher und Hefte ein und setzte mich gegenüber dem Fenster auf einen Stuhl, die Schultasche auf den Knien, wie in einem Warteraum. Der Regen rann die Scheiben herunter. Aber ich konnte nicht weinen.

Paar in herbstlicher Allee

In der Tiefe

Wenn die Nacht dich küsst,
hat sich das Unbewusste gesenkt.
Farblicht erweckt nur den Anschein
meiner stummen Begleitung.
Über die Trübsal zählt all die Anhänglichkeit mehr
als nur das einmal in Kürze Vollbrachte.
Lang währt mein Flug,
den ich entgegen all dem Verströmen
von Unheil nicht missen kann.
Die Papiere jenes gültigen Visums für meinen
Herzinnenraum, Geliebte,
sind immer noch nicht geschrieben.
Wir haben uns den Abstand nicht angewöhnt;
seltener jagt nun die Süße in die Schwere
des Weins …

Impressionen am Morgen

Der Morgen schaut mich mit dunklen Augen an. Und schweigt. Ich öffne das Fenster. Der Wind rauscht, wie wenn Wasser fließt. Meine Zeit wird immer bemessener. Kälte steigt in mein Zimmer und wärmt sich an meiner alternden Heizung. Das sich rasch nähernde und wieder verlierende Motorengeräusch ist mir nicht neu. Der Winterdienst zieht an meiner Nebenstraße vorbei. Ich erblicke ein Kind auf dem Rad. Ohne Licht. Ihm wird bei der Glätte schon nichts passieren, es ist doch so fröhlich. Fast auf die Minute genau erscheinen die Ersten mit ihren Hunden. Manchmal denke ich, jeden Moment kommt Oma dort vorn um die Ecke. Aber von wem sollte sie wissen, wo ich jetzt wohne; sie ist doch schon lange tot.

Gegen acht rumpeln beim Nachbarn gemächlich die Rollläden hoch. Ansonsten lassen die Müllers nichts von sich hören. Ganz in der Ferne übt jemand Geige; dabei weiß ich, es ist die Straßenbahn in der Kurve. Ich schließe das Fenster, um es bald wieder zu öffnen. Die Enge ist zu fatal.

Meine Frau schläft zwei Türen weiter. Das Warten, bis sie sich regt, schwächt mich bis in die tiefsten Gefühle. Der ERIKA-Markt öffnet um sieben. Noch vier ewige Minuten. Dort werde ich zwischendurch schon die Flaschen abgeben. Ein Vorwand, der mir gefällt. Bei ERIKA ist der Eintritt frei. Das verleitet mich zu ausgiebigen Rundgängen. Das Angenehme daran ist, man kommt sich mit niemandem ins Gehege, jeder Besucher ist in seine ganz eigenen Betrachtungen vertieft, ohne dabei den Preis aus dem Blick zu verlieren. Die Sammlung an köstlichen Kunstwerken wird täglich neu aufgefrischt.

Gegen acht Uhr fünfundzwanzig schleicht sich die Helligkeit langsam heran. Und mit ihr meine Frau im seidenen Nachthemd. Das „Guten Morgen" aus ihrem Munde nehme ich wahr als den ehrlichen Wunsch nach Aufheiterung. Unser Frühstück beschränkt sich auf Haferflocken mit Milch. Der Honig ist mir zu süß.

Ein unmelodischer Ton lässt mich aufmerken. Ich erahne die Nachricht, die sie von ihrem Handy abliest. Sie sieht mich nicht an. Dann herrscht Schweigen.

„Und?", frage ich. „Was ist los?"

Einige Sekunden verstreichen. Ihr Gesicht ist grau, und sie antwortet mit tonloser Stimme:

„Sie haben sich gestern Abend getrennt …"

Blutgefühle

Wenn mich die Gehilfin von Doktor Schlönsee zur Blutabnahme aufruft, bin ich ganz betört. Ich gebe ihr gerne von meinem Blut. Sie hat schwarzes Haar; ihr halbes Antlitz verdeckt eine Maske. Das gefällt mir. So kann ich mir ihre Schönheit noch intensiver ausmalen.

Sie fragt mich mit sonorer Stimme, welchen Arm ich ihr reichen möchte. Ich entscheide mich für den rechten und biete ihr an, sie noch eine Runde ums Haus zu geleiten. In ihren Augen flimmert ein Lachen: Sie könne nicht weg, erst recht nicht ohne Ersatz die Kammer verlassen, so gut ihr auch die sonnige Luft draußen täte.

Den kleinen Piks mit der Nadel empfinde ich angenehm, denn das winzige Loch in der Beuge bedeutet mir viel. Die Röhrchen füllen sich schnell, während meine Enttäuschung darüber anwächst, dass sie den roten Saft noch heute weggeben will, in die Pfoten von so einem eitlen Laborassistenten, der sie womöglich schon länger umgarnt. Alleine die Vorstellung, wie dieser Lackaffe, der nicht das Geringste über mein Gefühlsleben weiß, sich in kalter Routine an meinem Blut vergreift, macht ihn zum Teufel für mich. Mir schwebt vor, seine Absichten zu durchkreuzen, indem ich ihr ans Herz legen werde, das wenige Blut sehr gut zu verwahren. Es wird in späteren Zeiten, wenn unsere Kinder erst groß sind und wir einst Enkel haben, eine schöne Erinnerung an unsere erste Begegnung sein.

Vergebliche Liebesmüh

Es war Mitte September, als ich spät abends nach einer längeren Geschäftsreise zu meiner Wohnung im fünften Stock hinaufstieg. Während des Hinaufsteigens, was mir von Mal zu Mal schwerer fiel, dachte ich, wie öfter in der letzten Zeit, daran, dass dieses gleichförmige Eheleben doch recht belastend sei und ich jetzt diese fünf Stockwerke unweigerlich hinaufsteigen müsse. Oben schloss ich gleichmütig die Tür auf, trat über die Schwelle und betätigte den Schalter. Das Licht war sehr grell.

Verblüfft hielt ich inne. Auf diesen Anblick war ich nicht vorbereitet. War das Magie? Alles schien mir verändert; ich hatte das Gefühl, ich wohnte hier gar nicht.

Mechanisch ging ich die Zimmer ab. Wer um alles in der Welt hatte dieses Ambiente geschaffen? In immer neuer Anspannung durchschritt ich die Räume. Sehr auffällig auch diese Ecklampe mit ihren immens vielen Leuchtkörpern, aber nur einer brennenden Birne. Ich empfand nichts Befremdliches, nur recht wundersam war mir zumute.

Meine Frau trat im blauen Kimono in den Flur und ich bemerkte mit Staunen, dass sie sogar parfümiert war. Sie nickte mir zu, aber umarmte mich nicht. Sie stand da mit niedergeschlagenen Augen. Der junge Kerl hinter ihr drehte sich um seine Achse, gab ihr einen leichten Klaps auf den Po und schlüpfte frech in mein Arbeitszimmer, ohne sich irgendwie zu äußern.

Nach einer Weile hob sie den Kopf und ich fühlte mich unbeholfen-komisch. Ein Schweigen entstand, dann sagte ich zaudernd:

„Wally…?“ Ich warf ihr einen skeptischen Blick zu. „Darf ich dich Wally nennen?“

Ich bemerkte, wie ihre Stirn sich leicht runzelte und wieder glättete. Sie sagte mit einem seltsamen Unterton in der Stimme:

„Aber natürlich … Du nennst mich seit dreißig Jahren so."

Mein Argwohn verstärkte sich. Ich wusste nicht, was ich sagen sollte. Und plötzlich dachte ich verwundert: Warum bekennt sie nicht klar, meine Frau zu sein? Ich blickte zur Tür, hinter welcher der Bursche verschwunden war.

„Wally … Ich möchte dir sagen … Wenn du einen anderen hast, wäre es besser, es jetzt zu sagen."

Sie antwortete:

„Du Dummerchen, jetzt geht aber deine Fantasie mit dir durch. Es gibt keinen anderen. Nichts ist so, wie es scheint."

Dann, da ich völlig perplex war, setzte sie hinzu: „Ich bin nur etwas überrascht, dass du so zeitig kommst."

Sie ging ein wenig umher, und ich begann wieder:

„Aber dieser Typ … Was hat dieser Schnösel hier verloren?"

Sie erwiderte ablenkend:

„Hans ist so alt, wie du warst, als wir uns zum ersten Mal sahen."

Eine Welle der Erregung durchflutete mich.

„Was? Er trägt meinen Namen?"

„Ja, Hans."

Ich sah sie bestürzt und stumpfsinnig an.

„Herrgott, Wally!", rief ich, „mit wem gibst du dich ab? Er könnte dein Sohn sein."

In meinem Kopf herrschte völlige Verwirrung. Ich straffte mich, zeigte zur Tür meines Zimmers und brachte mit Mühe heraus: „Kannst du es mir erklären?"

Ihre Mundwinkel verzogen sich; sie schien peinlich berührt:

„Ich dachte an einen Neubeginn, etwas Ausgefallenes. Schau dich doch um."

Ich wollte kehrtmachen, hinausrennen, die Wohnung verlassen. Aber ich stand regungslos da, blickte zu Boden und sagte:

„Das hab‘ ich schon."

„Und gefällt es dir?"

Ich schluckte meinen Speichel herunter.

„Doch … ja", antwortete ich halb wie betäubt, „die wunderbaren Möbel … Alles bemerkenswert neugestaltet."

Ich ging zur Tür meines Arbeitszimmers, bemühte mich krampfhaft, nicht mehr zu zittern und klopfte an. Eine jugendliche Stimme rief:

„Herein!"

Ich öffnete die Tür, blieb aber in der Diele stehen. Der Kerl blätterte in einem meiner Nachschlagewerke, warf dann das Buch auf den Tisch und kam hemdsärmelig auf mich zu. Er sah mich fest an, ich wandte den Kopf weg, deutete auf meine Frau und sagte:

„Weißt du, wer sie ist?"

„Freilich!", brachte er unter Lachen heraus und richtete seine Augen weiter auf mich. „Ihre Frau, wer sonst. Dachten Sie, ich gehe zu irgendeiner Hure? Sie heißt Wally, um genau zu sein."

Ich sah ihn mit offenem Mund an und dachte wie vor den Kopf geschlagen: Damit ist auch der letzte Zweifel beseitigt. Ich befinde mich tatsächlich in meiner eigenen Wohnung, bei meiner eigenen Frau, die sich diesem Kerl an den Hals wirft und mich zum Hahnrei macht.

„Nun", versetzte der Jüngling und wurde plötzlich ernst, „ich denke, ihr werdet jetzt einiges zu bereden haben."

In seiner Stimme wie in seinen Augen lag etwas Anmaßendes. Er nahm seine Jacke vom Haken, nur Sekunden später hörte ich die Wohnungstür zuschnappen. Seine Schritte verhallten im Treppenhaus. Ich ging in mein Zimmer und blieb betroffen stehen. Wally stand da, aufrecht, mit einem halben Lächeln. Ich schloss mechanisch die Tür hinter mir. Zwei oder drei Sekunden verstrichen.

„So", sagte ich, „das also hast du dir ausgedacht."

Sie wandte den Kopf.

„Was meinst du?"

„Tu nicht so", sagte ich mit belegter Stimme, „du hast einen Liebhaber! … Ihr habt euch neu eingerichtet. Und ich kann künftig zusehen, wo ich bleibe."

Sie zwang sich zu einem Lachen.

„Ach, dummes Zeug, Hans! Ich hab' dich doch lieb. Du bist doch mein Mann."

Ich blickte sie an und in ihren Augen standen Tränen.

„Ist das wahr, Wally?"

„Aber ja, Hans, natürlich."

Sie warf sich mir in die Arme und bedeckte mein Gesicht mit Küssen. Ich ließ es geduldig geschehen.

„Ach, Hans", sagte sie leidenschaftlich, „das hab' ich doch alles für uns getan. Ich dachte, es wäre schon mal ein ganz neuer Schritt."

Ich fasste ihren Kopf, legte ihn an meine Brust. Und doch fühlte ich mich klein und lächerlich.

„Aber Wally", sagte ich, „wer ist dieser unverschämte Kerl? Was wird hier gespielt?"

Es folgte ein Schweigen. Sie wurde langsam rot und sagte mit gepresster Stimme:

„Er ist Burgschauspieler …Er hatte seinen Auftritt … mehr nicht. Ende der Vorstellung."

„Wie bitte? Was sagst du da? Burgschauspieler? Du bist verrückt, Wally."

Sie blieb an mich gelehnt.

„Versteh doch Hans, es geht mir auch um …" Sie stockte. Ich hörte ihren seufzenden Atem. Sie presste sich stärker an mich. „Hans", sagte sie leise, „du warst noch nie so lange fort."

Ich entzog mich ihr und küsste sie sanft auf die Stirn.

„Geh jetzt schlafen, Wally. Es ist spät!"

Sie sagte nach einer Weile:

„Willst du nicht heute Nacht bei mir schlafen? Im neuen Bett?"

Es entstand ein langes Stillschweigen, ich stierte vor mich hin, sagte dann entschieden:

„Nicht heute, Wally. Nicht jetzt. Du weißt doch, ich bin nicht sehr sinnlich veranlagt."

Sie starrte mich groß an, errötete, ihre Lippen bewegten sich, aber sie vermochte nichts zu sagen. Sie gab mir einen Kuss auf die Wange und ging hinaus. Ich schloss hinter ihr die Tür und wartete. Als sich draußen nichts mehr regte, legte ich leise den Riegel vor.

Das Schöne und Gute

Als ich aus dem verwunschenen Haus trat, ganz zerstreut und selbstvergessen, lief mir die Schöne – noch den Abschiedskuss lau auf der Wange – fast scheu hinterher. Ihre Rufe drangen kaum bis zu mir, da ich schon hundert Schritte entfernt auf halbem Weg zur Elektrischen war. Aber gleich darauf kamen Menschen, sie winkten und zeigten aufgeregt in die Richtung, aus der ich gekommen war. Ich wandte mich um und erblickte die Schöne mit wedelnden Armen, meine Tasche in Händen. Es sah aus, als faszinierte sie dieser Fund, ohne den, was sie wohl ahnen, aber kaum wissen konnte, es schwer sein würde, irgendwem auf der Welt meine Identität zu beweisen. In der Elektrischen, mich an der Schlinge haltend, schwankte ich unsicher. Meine Beruhigung kam erst später, nach dem ersten Trunk. Dennoch begann ich zu zittern, wenn ich mir vorstellte, niemals darauf vertrauen zu können, dass das Schöne und Gute immer zur Stelle sein wird, um mich vor dem Verlust meines ICH zu bewahren.

Die Leiter

Wie berührend du zu mir gefunden hast.
Mit mir kannst du aufsteigen und absteigen,
kannst mich auch in die Ecke stellen,
worüber ich nicht gerade erfreut bin.
Denn lieber halte ich dich in die Höhe,
sehe zu, wie du Glühbirnen einschraubst,
oder eine Spinne ganz oben in einem Winkel
sehr behutsam mit einem Tuch zu entfernen suchst …

Der Stöpsel

Du kleines Ding
bist nicht ganz dicht.
Und steck ich dich ins Loch,
gluckst du dir eins,
weil ich dann baden geh.

Der Wecker

Schreist mich jeden Früh an,
als müsse ich deiner Zeit gehorchen.

Kannst doch bloß bis zwölf zählen,
du mit deiner Tick-Tack-Stimme.

Ich drück dir eine,
dass dir die Puste ausgeht.

Ach, immer zieh ich dich auf.
Kein Wunder,
dass du so schrill wirst.

Mein Garten

Die Villa

Ich war groß und mondän, ich war eine Villa. Auf einer Insel erhob ich mich. Die Füße in Beton gegossen, hatte ich meinen Halt gefunden, und doch stand ich meist leer da. Beidseits der Dünen schäumte das eisige Nordmeer. Reisende, ganz zuvorderst wohlhabende, wanderten manchmal zu dieser gut gepflasterten Höhe; der Weg dorthin war für jeden Betrachter ein leichter. Ich stand und wartete, war gezwungen zu warten. Meinen Herrn und Gebieter zog es an andere Orte der Welt.

Einmal, an einem windstillen Tag war es – es mochte der fünfhundertste oder gar tausendste des Wartens gewesen sein, hab's vergessen –, meine Gedanken gingen schon zwanghaft im Kreise, in der Frühe im fahlen Morgenlicht, leise rauschte die See, hörte ich kraftvolle Schritte. Als ob sie schon heimisch wären, kamen sie durch die Pforte.

„Komm näher, komm!", rief ich.

Ich reckte und streckte mich, meine Brust füllte sich mit Stolz. Der Schauende schien unschlüssig, musterte mich von allen Seiten, betastete meine Haut, beklopfte mich hier und da mit den Knöcheln seiner Finger, wischte mir behutsam die Feuchtigkeit vom Glas meiner Augen. Einen Augenblick später legte er die Leiter an, stieg eifrig hinauf. Über mein strohblondes Haar strich er mir mit der Hand, ließ sie lange versonnen drauf liegen. Dann aber, ich glaubte mich schon in neuer Geborgenheit, stieg er hinab und entfernte sich schnell.

„Bleib bitte, bleib!"

Noch schien nichts verloren. Ihm nachzuschauen war schier unmöglich, zu üppig erhob sich das Buschwerk. Doch wenig später – ich sah noch immer verträumt in die fragliche Richtung – da stieß er mir hinterrücks seine stählerne Faust in den Leib.

35

Ein Schauder ergriff mich. Ich wand mich in wildem Schmerz, nicht begreifend. Wer war es? Ein Besessener? Ein Überdrüssiger? Ein Liebhaber? Ein Zerstörer? Ein Schatten? Bei dem Versuch mich zu drehen, sackte ich schon in die Knie, ich stürzte kopfüber, und bald war ich zerbrochen und in mich zusammengefallen.

Meine Trümmer luden sie auf – der Staub verdüsterte alles – und brachten mich auf die Halde, die mich an ängstlichen Tagen immer so still aus der Ferne angestarrt hatte.

Labyrinth der Angst

Ich habe das Haus errichtet, und die nötigen Vorkehrungen scheinen wohlgetroffen.

Der äußeren Form nach ist der Bau kompakt; das Augenmerk richtet sich sozusagen auf einen Quader. Im Inneren aber, und das macht eben den Unterschied aus, gelangt man unwillkürlich ins Nirgendwo.

Schon beim ersten Schritt über die Schwelle stößt der Eindringling gewissermaßen auf eine Wand. Die Eingangstür, wie man sie für gewöhnlich kennt, ist hier in Wirklichkeit reines Blendwerk. Freilich läuft eine solch absichtliche List immer Gefahr, sich selbst ad absurdum zu führen, und es ist auch gewagt, durch diesen Umstand überhaupt erst den Gedanken aufkommen zu lassen, dass im Haus etwas Wertvolles vorhanden sei. Doch wer glaubt, dass ich nur aus Angst oder Furcht gewisse Fallen gelegt habe, unterschätzt mich total.

Wohl zehn oder fünfzehn Schritte vom vermeintlichen Eingang entfernt befindet sich eine kleine Betonfläche. Dort liegt, von einer doppelflügeligen Eisenplatte verdeckt, der eigentliche Zugang zum Haus. Nur nahe Verwandte und enge Freunde sind mit dieser Vorsichtsmaßnahme vertraut. Wer meine Befürchtungen teilt und sich nach wie vor auf einen Besuch bei mir freut, darf sich auch nicht zu schade dafür sein, in den gemauerten Schacht hinunterzusteigen, um durch den mannshoch gegrabenen Gang ins Haus zu gelangen.

Das Haus ist nach allen Regeln der Kunst gesichert, sämtliche Scheiben im Erdgeschoss aus verspiegeltem Glas. Ich sehe den Angreifer, aber er blickt nur in seine eigene, dumme Visage. Gewiss, ein hartnäckiges Individuum kann unter Umständen die Eisenplatte entdecken und anheben, dann wäre der Weg frei, und jeder Vandale – sofern er schlau genug ist – kann von unten ins Haus eindringen und in blinder Wut alles zerstören.

Im Traum sehe ich oft vermummte Gestalten an meinem Bett. Sie leuchten mich an, und meine Gedanken kreisen fortwährend um einen Ausweg. Gibt es ihn überhaupt? Habe ich mir diese Möglichkeit nicht selber verbaut? Ich erwache mit einem Schlag, als hätte mich jemand berührt, und sofort schießt mir durch den Kopf, es existiert nur diese eine Öffnung, welche unter der Erde zum Schacht und von dort in die Außenwelt führt. In meinem Haus bin ich mit dem Verlauf aller Kreuz-und-quer-Gänge bestens vertraut, kenne jede Nische, jeden geheimen Winkel. Das ist mein Vorteil, falls es zum Kampf mit dem Monster kommt.

Noch lebe ich in Frieden, beobachte jeden Morgen durchs Fenster die Vögel, auch Krähen darunter, die mein Misstrauen wecken. Trotz aller Wachsamkeit kann es geschehen, dass der Feind ganz unverhofft zu mir vorstößt. Und selbst, wenn ich den einen Verfolger niederstrecke, kann schon der andere bereitstehen. Außerdem läuft mir die Zeit weg, meine Kräfte lassen nach, irgendwann bin ich alt; hingegen werden die Gegner immer jünger. Mein asthmatischer Husten ist nicht zu unterschätzen; eines Tages werde ich bessere Luft als jeder andere brauchen. Sehr beruhigend wird dann der Gedanke sein, mir mehr als nur einen Ausweg erarbeitet zu haben. Kurzum, die Bedrohungslage verlangt einfach, weitere Grabungen vorzunehmen.

Um ins Erdreich zu kommen, muss ich als erstes das Fundament aufstemmen. Eine Mammutaufgabe, die mich viel Nerven kostet. Ich muss unverzüglich beginnen, darf keinen Augenblick mehr verlieren. Schon spüre ich, wie mir beim Hämmern und Meißeln der Schweiß aus den Poren rinnt. Kein Architekt auf der Welt kann ermessen, wie viel mir ein sicheres Haus für das nahende Alter bedeutet. Ich hoffe nur, dass ich nicht etwa in dem Moment, wo ich verzweifelt hämmere und bohre, plötzlich die Klauen des Verfolgers im Nacken spüre.

Nur ungern gönne ich mir längere Ruhepausen. Mich tagsüber ein Stündchen aufs Ohr legen tut mir nicht gut. Nach dem Wegdämmern, gerade in Kältephasen, höre ich dieses Brummen, als ob ein Tier im Begriff ist mich anzufallen. Beim näheren Lauschen wechselt der Ton in ein Pfeifen, welches – ich bin mir nicht ganz im Klaren – auch von den Bronchien herrühren kann. Doch selbst beim Luftanhalten ist das Geräusch noch da. Lieber bleibe ich wach, um dem Wahnsinn entgegenzuwirken. Doch kaum, dass ich den Meißel wieder angesetzt habe, vernehme ich Stimmen. Ein Schauer überläuft mich. Jemand redet konfus auf mich ein, bleibt aber in Deckung. Ich verstehe kein Wort. Vorstellbar wäre, das Wesen im Hintergrund möchte verhandeln. Ein solch diplomatischer Schritt würde mir manches ersparen. Was soll ich ihm antworten? Die Fronten sind jetzt schon verhärtet. Das Rufen wird lauter. Ich lege den Meißel beiseite. Soll ich etwa einwilligen, dass ES einen Teil meines Hauses besetzt hält, sich dort als Mitbewohner für immer und ewig einnisten darf? Wenn wir uns noch lange belauern, nutzt sich das Ganze ab. Schluss mit dem Katz-und-Maus-Spiel. Wie wär's, wenn ich den Anderen einlade? Vorräte sind reichlich vorhanden. Unschlüssig harre ich aus. Wieder schleicht Stille sich ein. Es könnte die Ruhe vor dem Sturm sein, mutmaße ich.

Plötzlich ist ein Rascheln zu hören; ich raschle zurück. Von so viel Fremdheit umgeben, wird mir ganz flau. Seltsam, er redet nicht mehr, sagt keinen Ton. Was kann das bedeuten? Mein Herz klopft gewaltig. Wahrscheinlich bin ich für ihn auch nichts weiter als nur Geräusch, das er auslöschen will, um mit sich und seinen Fantasien alleine zu sein. Ich stürze mich in die Arbeit, bin aber nicht recht bei der Sache, weil ich einem inneren Zwang folgend immerfort lausche. Manchmal springe ich auf, presse mein Ohr an die Wand. Der Feind liegt auf der Lauer. Die Zeit drängt und ich hämmere, bohre und grabe.

Jede Pause, die ich in Abständen einlege, erhöht meine Empfindsamkeit. Ich werde zusehends hellhöriger. Die eigentliche Bedrängnis aber kommt in den kürzeren Tagen, wenn sich die Dunkelheit senkt. Mich erreicht ein aufdringliches Klopfen und Schaben, schließlich ein Rauschen, dann dieses Zischen, wie wenn Wasser mit Feuer sich mischt. Es verschwindet auch nicht. Welch unsägliche Tyrannei. Meine Verfolger gehen aufs Ganze, sie wollen mich aushungern, mir über kurz oder lang das Wasser abgraben. Unweigerlich ziehen sie den Belagerungsring enger.

Doch im Sommer, in der heißesten Zeit, endlich der Durchbruch. Noch ganz im Rausch des Ergebnisses allerschwerster Arbeit krieche ich bäuchlings durch den nur knapp unter der Erde neu geschaffenen Gang. Selbst auf die Gefahr hin, dem Stich eines Spatens zum Opfer zu fallen, stoße ich mich nach etlichen Metern durchs zähe Gras hinauf ins Freie. Vor mir geht die Sonne auf. Ich sehe aus wie ein Strauchdieb. Niemand ist verpflichtet, mich zu betrachten. Ich lasse das Haus links liegen, drehe mich nicht um, ich renne, ich fliege. Ein Trip ins Blaue könnte mir neue Kräfte verleihen. Um etwaigen Verfolgern zu entkommen, laufe ich automatisch im Zickzack. Es wäre schrecklich, nicht die Kontrolle zu haben. Und doch kann ich nicht endlos hier laufen. Ich bin für mein Haus bestimmt, muss mich weiter mit seinen Schwächen befassen.

Zum Glück ist die Forschung in puncto Sicherheit schon sehr weit. Reuig kehre ich um, belauere aus einiger Entfernung mein Haus. Es scheint unversehrt. Alles ist still und friedlich. Aber meine Sorge bleibt. Wer weiß, was mich drinnen erwartet. Den halben Garten habe ich unterwühlt und das neue Loch in der Erde offen zurückgelassen. Irgendein Unhold, klein und wendig, kann es entdeckt haben und ohne viel Mühe in meine Räume gelangt sein.

Wie von selbst gehen mir alle erdenklichen Umbaupläne im Kopf herum. Obwohl ich sehr hohe Maßstäbe anlege, immer schleichen sich Fehler ein. Wodurch nur erlange ich Gewissheit, dass sich mein Wunsch nach vollkommener Sicherheit tatsächlich erfüllt? Egal in wieviel Überlegungen ich mich verliere, etwas in mir schreit: Es genügt nicht! Heißt das vielleicht, ich bin die Unsicherheit selbst? All meinen düsteren Ahnungen zum Trotz nähere ich mich mit kleinen unauffälligen Schritten der Stelle, wo die Eisenplatte den Zugang verdeckt, hebe sie vorsichtig an und steige hinab; fast schon kommt es mir vor, als sei ich der Lump, der erst gründlich die Lage sondiert und dann fleißig auf Beutezug geht.

Auf leisen Sohlen bewege ich mich Minuten später leicht wankend durchs Haus und spüre den Zwang, unbeirrt an dem Gedanken festhalten zu müssen, dass oben im Gästezimmer der Fernseher läuft und ich schon erwarte, dass dort jemand mit dem Rücken zu mir wie versteinert im Sessel sitzt, um mir mit unverhohlener Feindseligkeit zu zeigen, wie schutzlos ich bin, verloren an diese Wände, ausgeliefert einem unvollkommenen Konstrukt aus Mörtel, Staub und Zement. Ich schwebe hin, drehe in leichtem Spiel den Sessel und sehe mich selbst, den Revolver schussbereit in der Hand.

Abstrakt in Öl

Die Suche

Heute war ich dort.
Wie töricht.
Niemand erschien.
Ein verschwiegener Umzug
steht ganz außer Frage.
Wozu dieses jämmerliche Versteckspiel?
Oder spinnt meine Uhr?
Ist der Kalender zu alt?
Werde ich langsam vergesslich?

Mich drängt es zu suchen.
Noch nie war mir ein Foto in Händen so wichtig.
Meine Suche werde ich ausdehnen müssen.
Was, wenn ich mich einfach fortstehle,
schon bald in großen Lettern gedruckt
als verschollen gelte?
Werd' ich vermisst sein?

Ich liege im hohen Gras mit den anderen.
Wir haben uns heimlich zusammengefunden
und lachen im Stillen
über so viel Aufmerksamkeit in der Luft,
wo in Endlosschleife die Hubschrauber kreisen …

Der Traum vom verlorenen Hotel

Am frühen Nachmittag traf ich in dem Ort ein, wo ich ohne lange zu überlegen im nächstgelegenen Hotel abstieg. Es schien gerade Karneval zu sein, denn es erklang der Narrhalla Marsch und in Massen liefen Perücken und Masken umher.

Um dem Getümmel, welches auch lautstark mein Zimmer tangierte, zu entkommen, fuhr ich ins Umland hinaus. Aber als ich im Dämmern den Rückweg antreten wollte, hatte ich den Namen des Hotels aus dem Gedächtnis verloren, ebenso den der Straße; wie ausgelöscht waren sie. Nun kam mir in den Sinn, irgendwo einen touristischen Stadtplan aufzutreiben, um nach meinem Hotel zu suchen, dessen Name mir anhand der Karte sicherlich wieder einfiele. Aber in meinem Kopf ging es rund und mir standen vor lauter Verzweiflung die Haare zu Berge.

Ganz in der Nähe war eine Urologie. Obwohl ich eine Weile zögerlich auf das Schild starrte, fasste ich allen Mut, betrat in höchster Eile die Praxis und marschierte schnurstracks am Krankenkartenschalter vorbei in das ziemlich geräumige Sprechzimmer. Der Arzt war überaus freundlich und nicht im Geringsten geneigt, mir die Tür zu weisen. Ich gestand ihm, dass mein Anliegen kein medizinisches, sondern rein privater Natur sei. Mein dringlichster Wunsch wäre, einen Stadtplan zu erwerben.

Der Doktor machte es sich wider Erwarten auf einer Liege bequem und fast unbewusst legte ich mich neben ihn. Er meinte, sein Arbeitspensum überschreite mittlerweile jedes vertretbare Maß, weshalb er sich hin und wieder erlaube, mal für zwei, drei Minuten ein Auge voll Schlaf zu nehmen.

Schließlich führte er mich zu einer Wand, wo eine riesige Karte angepinnt war. Farbige Markierungen zeigten die Lage von unterschiedlichen Bauwerken. Noch ehe ich Gelegenheit bekam, sie näher zu betrachten, geleitete er mich schon an eine andere, bedeutend größere Wand, in deren Mitte ein Loch war. Dann drückte er auf irgendwelchen Tasten und Knöpfen herum und ich sah mit bewunderndem Blick durch die Öffnung auf viele kleine unterschiedlich geformte Teile, die wild durcheinanderwirbelten. Der Doktor erklärte mir im Fachjargon, es handele sich um ein Puzzle, wo mit etwas Geschick eine übersichtliche Karte entstehen kann. Im Augenblick aber läge ganz offensichtlich etwas im Argen, so dass der eigentümliche Apparat das Puzzle nicht zusammenbekäme. Hunderte Teilstücke flogen somit ungenutzt durch das Loch wieder hinaus. Er sah mir die Enttäuschung wohl an, umarmte mich kurz und geleitete mich höflich zur Tür.

Draußen im Straßenlicht begegnete mir eine junge Schöne, vor deren Füße ich mich warf und die ich um eine Stadtkarte anflehte. Sie stieg über mich hinweg und bemerkte kühl, dass ihr eine so blöde Anmache überhaupt noch nicht untergekommen sei.

Ich rappelte mich auf und stolperte weiter, lief immer der Nase nach. Die Häuser waren erschreckend hoch, die Straßen eng, das Pflaster holprig, alles sah irgendwie gleich und orientierungslos aus. Ich verließ mich allein auf meine Augen und Ohren und bewegte mich dabei ständig im Kreis. Bald kamen mir ein paar beängstigend lustige Leute entgegen, fast so, als seien sie künstlich geprägt. Sie musterten mich ganz programmatisch von oben bis unten. Was für eine Sache hatten sie vor? Ich war gewillt, mich ihnen ein Stück weit anzuschließen. Doch sie zerstreuten sich schnell, wie wenn ein paar verkappte Ordnungshüter ihre Reihen gesprengt hätten. Mein Handy spielte ein Lied auf. Eine Stimme kroch mir ins Ohr. Sie gehörte der jungen Schönen, die mich vorhin so abschätzig der Anmache beschuldigt hatte und nun darum warb, die Zeit der Einsamkeit doch zu beenden und mich einzulassen auf sie. Weiß der Geier, wie sie zu meiner Nummer gekommen war. Egal, ich drückte sie einfach weg.

Eine Minute später fuhr mir der Schreck in die Glieder. Ich fühlte den Schultergurt meiner Umhängetasche nicht mehr. Hektisches Tasten danach, nur reiner Reflex. Verloren, welch frustrierendes Wort. Nichts auf der Welt verschwindet so ohne weiteres, es befindet sich an einem Ort, an einer Stelle, wo es nicht hingehört, und alles kann darin enthalten sein, was des Menschen Dasein aufrechterhält. Jemand von Gottes Schöpfung wird das Wertstück aufgehoben und wie ein Geschenk des Himmels an seine Brust gedrückt haben. Ich entwarf Bilder im Kopf, wie ein ausgesprochen hübscher, vertrauenerweckender Jüngling mit meiner Karte beschwingt von Einkauf zu Einkauf hüpfte und nicht einmal Herzklopfen dabei bekam.

Keine Macht auf Erden konnte mich davon abhalten, im Gemäuer der Großstadt, ja selbst in den verfallensten Straßen die Suche nach dem flüchtigen Finder aufzunehmen. Gleich beim nächsten, mir ins Auge springenden riesigen Mietgebäude, einem alten abbruchreifen Haus, drückte ich mit dem Handballen auf mindestens zwei Dutzend Klingelknöpfe. Die Eingangstür war fest verrammelt. Ich wähnte dahinter das schlechte Gewissen. Etliche Fenster sprangen auf. Ein Passant raunte im Vorbeigehen etwas von Hausbesetzern. Erbrochenes regnete aus dem zehnten Stock und landete unweit von meinen Füßen. Ein Blinder mit Stock, der sich an mir vorbeitastete, blieb stehen, lächelte und sagte:

„Wo du suchst, ist es kalt, mein Kleiner, kalt … eiskalt."
Blinde gewahren Dinge oft eher als Sehende.

46

Dann kam einer des Wegs, der nicht sprach. Stumm skizzierte er in der Luft Konturen, die durchaus mit denen meiner Tasche übereinstimmen konnten. Verblüfft stand ich da. Als ein Dritter um die Ecke bog, schrie ich ihn an, doch das Männchen zeigte keinerlei Regung, deutete ein paar Mal bedauernd auf seine Ohren und rief ganz atemlos:

„Von mir wirst du nichts erfahren, gib's auf."

Der Schreck über die Entdeckung einer solch eklatanten Mitwisserschaft trieb mir den kalten Schweiß auf die Stirn.

Die Gegend wurde mehr und mehr zum Alptraum für mich. Ein langgestreckter, überdimensionaler Flachbau, beplankt mit grauen Holzpaneelen, erregte meine Aufmerksamkeit. Wo war ich nur hingelangt? Der gläserne Eingang hatte etwas Pompöses, passte nicht so recht zu der schlichten Verschalung des Hauses. Es fing fürchterlich an zu regnen, Hitzegewitter rollten heran. Ein Mann mit Zylinderhut, als hätte er mich erwartet, zog mich unter seinen Schirm und geleitete mich zum Tresen.

„Sie haben sich verlaufen, nicht wahr, sind vom Weg abgekommen?", wurde ich in einem Tonfall der Empathie und des allergrößten Verständnisses gefragt.

„Ganz genau", gab ich zurück. „Ich bin heute Morgen in meinem Hotel abgestiegen. Den Namen habe ich leider vergessen. Auch wie die Straße heißt, ist mir plötzlich entfallen."

„Da sind sie bei uns genau richtig", lächelte der Mann, „vor allem bei dem Sauwetter. Sie werden sich noch was wegholen. Eine wahre Sintflut ist das."

„Sie beherbergen wohl auch", kam es mir fast schüchtern über die Lippen.

„Natürlich!", betonte der Mann. „Wir betreiben dieses HOTEL. Die Rettung aller Verirrten und Suchenden ist unser Gebot."

„Sehr edel", nickte ich wohlwollend. „Und wie heißt Ihr HOTEL?"

Er starrte mich groß an, dann sagte er nüchtern:

„Arche Noah II."

Ich nahm wortlos den Schlüssel und ging in die Achtundzwanzig. Zimmer und Mobiliar waren ganz weiß. Ich setzte mich aufs Bett und traute meinen Augen kaum. Dort hing meine Tasche. Sie haben alles mit Vorbedacht geplant, schoss es mir durch den Kopf.

Ein Klopfen an der Tür ließ mich aufmerken. Eine Schwester in weißen, enganliegenden Leggings betrat den Raum. Sie hielt eine Nierenschale in Händen. Ungläubig sah ich sie an, und nach einem Schweigen sagte sie trocken:

„Ihre Spritze, Herr Kaminski!"

Ausgeliefert

Es war Mitte Juli, in der Zeit großer Hitze, als ich mit meiner Freundin auf dem Rückweg von einem Ausflug an parkenden Autos vorbeikam. Ich bin mir nicht sicher, schlug sie in bewusster Boshaftigkeit aufs nächstbeste Dach oder aus Schabernack, oder kam der Knall ganz woanders her und sie hatte gar nichts getan, außer nur schallend gelacht?

Der kleine Ort, den wir durchquerten, war uns fremd, dennoch grüßten uns Leute, indem sie unkoordiniert mit den Händen gestikulierten, was auch als Warnung aufgefasst werden konnte. Andere, die anscheinend den Tag am Fenster verbrachten, traten rasch auf die Straße und schlugen sich erschrocken die Hand vor den Mund. Ein vielstimmiges Gemurmel erklang. Sie zeigten immer wieder zum Platz hin, an welchem wir gerade vorbeigekommen waren, und debattierten untereinander über den Schlag auf das Wagendach. Der Fahrzeughalter, hieß es, werde Anzeige erstatten, man werde Zeugen vorladen und den Sachverhalt detailgetreu zu Papier bringen.

Ich blieb erstaunlich gefasst und fand auch die richtigen Worte zur Besänftigung meiner Freundin. Wahrscheinlich war an dem Vorwurf nichts dran und selbst wenn die Anschuldigung zuträfe, so wäre es schier unmöglich, einen Beweis hierfür zu erbringen. Das erklärte ich auch den Umstehenden, die sich inzwischen in Scharen eingefunden hatten.

Sie ließen mich höflich ausreden, waren aber uneins darüber, ob es für meine Freundin tatsächlich etwas Entlastendes gebe. Einer trat vor und meinte, dass man auch mich, ihren Partner, wahrscheinlich belangen werde. Ich schüttelte mit selbstgefälliger Miene den Kopf. Alle starrten sie gebannt zu dem Platz, wie man es von Schaulustigen kennt, die auf eine Sensation warten. Und tatsächlich, bald sahen wir eine Formation Streifenwagen ziemlich rasant in Richtung der parkenden Autos fahren. Rundumleuchten schleuderten ihr blaues Licht durch die alles verhüllende Wolke aus Staub. Und kaum war die Truppe an Ort und Stelle, wendete sie sogleich und preschte direkt auf uns zu.

Da haben wir den Ärger, dachte ich bei mir; die Lage ist brenzlig. Ich flüsterte meiner Freundin zu, sie solle eiligst nach Hause verschwinden, ich würde das hier allein übernehmen und die Sache regeln. Sie schüttelte energisch den Kopf, wollte mich nicht im Stich lassen. Nach einem heftigen Wortwechsel lenkte sie schließlich ein und machte sich spornstreichs davon.

Noch halb mit Aussteigen beschäftigt, riefen die Beamten bereits nach der Dame in meiner Begleitung. Sie sei schon gegangen, warf ich erhobenen Hauptes hin. Die Männer nahmen es recht gelassen, Hauptsache, so schien mir, dass sie meiner habhaft geworden waren. Mit einem Lächeln folgte ich ihrer Anordnung, in den vorderen Wagen zu steigen. Auf der Rückbank fand ich mich plötzlich zwischen zwei Anzugträgern mit Schlips und Kragen wieder. Der Herr links neben mir war Ermittlungsrichter, ein zappeliger Mann namens Bendrath, während die zu meiner Rechten steif dasitzende Person sich als Staatsanwalt vorstellte und Wiese genannt wurde.

Du bist jetzt Figur in einem laufenden Film, ging es mir durch den Kopf, und in der ersten Minute meines Dahinschwebens fühlte ich mich fast wie einer von ihnen. Mein Verstand begann erst wieder zu arbeiten, als der Wagen ein paar Straßen weiter haltmachte. Das etwas höher gelegene Haus war ungewöhnlich hübsch, besonders der Garten mit seiner eigenwilligen Begrünung stach mir ins Auge. Bendrath stieg aus und hielt mir zuvorkommend die Wagentür auf.

„Aussteigen!", rief er, „Und rein in die gute Stube!"

Angesichts einer solch überraschenden Höflichkeit, vielmehr aber noch durch die Wirkung des grünen Idylls, war ich guten Mutes, schon bald wieder auf freiem Fuß zu sein.

Unter den scharfen Blicken von Bendrath und Wiese stieg ich behände die Vortreppe hinauf, ja ich wiegte mich dabei sogar in den Hüften, fest davon überzeugt, nicht viel reden zu müssen, um meine Unschuld mit Erfolg zu verteidigen. Aber als ich eine Weile im Flur stand, wollte ich meinen Ohren nicht trauen, als der Richter hinter mir sagte:

„Dieser Mann ist ein armes Schwein."

„Nun ja", entgegnete der Staatsanwalt mit schneidender Stimme, „eher eine dumme Sau. In seiner Haut möchte ich jetzt nicht stecken."

Mein Herz stockte, mir wurde eiskalt, der Boden unter meinen Füssen schwankte. Ich wusste sofort, was mir blüht. Wie habe ich mich nur so täuschen können?

Die Stube ist ganz kahl, in der Mitte ein Stuhl, sonst nichts. Ich bringe hier schon eine Ewigkeit zu und führe höhnische Monologe. Eine Decke zum Schlafen haben sie mir bewilligt. Ich weiß weder wie spät noch welcher Tag heute ist. Vor dem Fenster nur ein leichtes Ziergitter. Sobald ich mich hochrecke, erblicke ich Büsche und Bäume. Womit verdiene ich die Qual einer solchen Vergünstigung? Könnte ich mich noch anderer Natur erfreuen als der unter dem Fenster meines Haftraumes? Die Frage wäre erst dann von Bedeutung, wenn ich noch Hoffnung auf Freilassung hätte.

Der Besuch

Die Geschäfte laufen augenblicklich so schlecht, dass ich keinen anderen Weg sehe, als die Zeit, die ich im Büro verbringe, stark einzuschränken, um mehr den persönlichen Kontakt mit meinen Kunden zu pflegen. Unter anderem hatte ich mir schon längst vorgenommen, einmal die Firma *Blome* zu besuchen, mit der ich noch in keiner Geschäftsbeziehung stehe.

Gestern früh nach acht Uhr machte ich mich mit Katalog und Handmuster endlich auf den Weg. Der Termin war für neun Uhr dreißig vereinbart.

Die Straße im Gewerbepark fand ich schnell, konnte aber in dem ganzen Wust von Anzeigetafeln keine Beschilderung ausmachen, die auf den Sitz des besagten Unternehmens hinwies. Ungeachtet dessen parkte ich bei der Hausnummer zwölf; hier musste es sein. Tatsächlich war auf dem winzigen Schild unter der Klingel der Name *Blome* zu entziffern. Das weitläufige Areal mit seinen wahllos und massenhaft lagernden Materialien hinter der Umzäunung stach mir auf eine ebenso freudlose Art und Weise ins Auge wie der gemauerte zweigeschossige Klotz, etwa dreißig Meter vom Tor entfernt, dessen quittengelber Anstrich, gelinde gesagt, überaus fragwürdig wirkte.

Ich hatte den Finger kaum von der Klingel genommen, da flog im Hintergrund eine Tür auf. Zwei große graue Nackthunde, deren Rasse mir unbekannt war, stürmten auf mich zu, sprangen mit wütendem Bellen gegen den Zaun, auf dessen sicheren Seite ich mich befand und beharrlich um Einlass bat. Eine Frau, klein und gebrechlich von Statur, aber erstaunlich lebhaft im Gang, folgte den Tieren in derben Holzpantinen nach.

„Komm rein!", duzte sie mich.

Sie wäre Frau Blome, ihrem Mann sei unwohl, er läge oben in seinem Bett, ich müsse leider mit ihr vorliebnehmen. Irgendwas kam mir an ihr bekannt vor. Sie maßregelte die Hunde, indessen ich ihr einigermaßen gefasst, jedoch flankiert von deren unablässigem Kläffen, ins Haus folgte.

Der Raum, den wir betraten, war recht groß, hatte nur winzige Fenster und glich von der Höhe her einer Halle. Links sah ich eine Treppe zum Obergeschoss und auf eine Galerie führen, und gegenüber der Tür stand ein runder Tisch, an welchem ich mich schwer atmend niederließ. Die eine Bestie streckte sich in einem großen Korb aus, während das andere Wesen schmatzend unter den Tisch kroch und meine Beine beleckte. Ich saß ganz starr auf dem Fleck und sagte mir, du darfst jetzt keine unbedachte Bewegung machen, sonst schnappt es vielleicht zu.

Im selben Augenblick, da mir Frau Blome den höflich angebotenen Kaffee hinstellte, klingelte es. Sie tappte zur Tür, schaute hinaus und meinte, es sei Ware gekommen, sie müsse nur schnell beim Abladen helfen, der Fahrer könne nicht warten. Und die Hunde bellten wie verrückt.

Nun war ich mit ihnen ganz allein, fühlte mich ausgeliefert. Die schlimmsten Dinge gingen mir durch den Kopf. Ich entwarf Bilder, wie Menschen von Kampfhunden regelrecht zerrissen wurden. Mittlerweile war auch die andere Töle unter den Tisch gekrochen und machte sich an meinem Hosenbein zu schaffen. Ich dachte nur noch das eine: Du musst überleben, es wäre doch ein zu sinnloser Tod. Ein wenig versuchte ich mich abzulenken, indem ich die unzähligen, kreuz und quer in die wuchtigen Regale gezwängten Kataloge und Aktenordner betrachtete, sie sogar zählte.

Endlich ging die Tür. Kein Unbeteiligter vermag je zu ermessen, was mir in solch einer Situation schon ein paar Minuten

53

Lebensgewinn bedeuteten. Ich gewann meine Fassung wieder. Frau Blome kam mit schlurfenden Schritten herein und setzte sich zu mir an den Tisch.

Nun schien meine Gelegenheit endlich gekommen, es war keine Zeit mehr zu verlieren, denn andernfalls, so sagte mir mein Gefühl, konnten für mich die Voraussetzungen für ein fruchtbares Kundengespräch nur noch miserabler werden. Immer hatte ich mit einem Auge die Hunde im Blick und sie knurrten und hechelten, die Zunge hing ihnen seitlich über die Lefzen. Entgegen aller Ungewissheit begann ich kurzerhand meine Sache vorzutragen, gleichwohl die Alte mit ihren Allüren nicht davon ablassen konnte, die Hunde zu tätscheln. In meinem Eifer stand ich sogar auf, ging während des Redens hin und her; ein alter Zwang, den ich nicht ablegen kann, sobald ich mich in Erregung gesprochen habe.

Frau Blome blickte kaum zu mir auf, sondern ging lustvoll dazu über, mit ihren Hunden zu reden. Ich sah es zwar, machte aber unbeirrt weiter, so als bestünde noch leise Hoffnung, durch meine Wortgewandtheit, durch meine lukrativen Angebote einen gelungenen Verkaufsabschluss zu erreichen.

Ich hätte wohl noch lange mit Inbrunst weitergesprochen, wenn nicht ihr Mann, den ich eigentlich nicht zu Gesicht bekommen sollte, plötzlich klein und schmalschulterig, dazu mit glasigen, verquollenen Augen und etwas zerzausten Haaren oben auf der Galerie erschienen wäre und mich mit erhobener Hand ermuntert hätte heraufzukommen. Er sah meinem Vater verblüffend ähnlich. Offenbar hatte er die bisherige Szene verfolgt.

Ich zögerte, wollte den leidigen Besuch eher schnell beenden, dann aber überwog mein Gedanke an Kundengewinnung. Und so ließ ich mich von Frau Blome, ohne dass sich die Hunde ihr anschlossen, die Treppe hinauf in ein matt beleuchtetes Zimmer führen. Ihr Mann lag bereits wieder im Bett.

„Du sollst dich doch ausruhen", sagte seine Gemahlin lächelnd und kopfschüttelnd über so viel Leichtsinn.

Sie nahm seine Hand, streichelte sie wie zum Zeichen einer harmonischen Bindung. Er bewegte sich, gähnte laut, richtete sich kurz auf und meinte, es wäre sehr langweilig in solch einem Zustand zu verharren, und es beeinträchtige überdies die Geschäftslage ganz enorm.

Langsamen Schritts nahm ich den Faden wieder auf, doch mir war, als redete ich gegen die Wand. Am Kopfende angekommen beugte ich mich über ihn. Mir war, als starrte ich in das Gesicht meines Vaters. Nach einem längeren Schweigen meinte er unwirsch, ich läge preislich jenseits von Gut und Böse; dazu verkniff er den Mund wie bei einem schlechten Geschmack.

Und unten ein kurzes Bellen der Hunde.

Von wegen krank, dachte ich im Stillen. Er saß plötzlich aufrecht im Bett, nahm ohne Rücksicht auf mich die Zeitung und blätterte darin herum.

Ich ging angespannt auf und ab; die Dielen knarrten. Mein Produkt war ihm scheißegal, dabei gab es nichts Besseres, höchstens den billigen Nachbau. Ich presste etwas zwischen den Lippen hervor und erschrak selbst über ein solch waghalsiges Zugeständnis. Das konnte ohne Erlaubnis mein Ende sein. Aber wen sollte ich fragen? Kein Mensch heute im Haus. Die Verantwortung lag ganz auf meinen Schultern. Blome blätterte in dem Wurstblatt, las aber nicht.

„Du musst dich schon noch bewegen", gängelte er mich. Die Konkurrenz sei entschieden flexibler.

Und unten ein kurzes Bellen der Hunde.

Frau Blome brachte ihm Tee. Sie sah mich an.

„Dein Kaffee ist inzwischen kalt", bemerkte sie kühl.

Ich hätte ihr das Geschirr aus der Hand schlagen mögen.

„Was kannst du denn noch nachlassen?", setzte Blome sein Spiel weiter fort, ohne die Augen vom Blatt zu nehmen.

Er gönnte mir nicht das Schwarze unter dem Nagel. Halsabschneider, lag mir auf der Zunge zu sagen. Blome legte einen Moment die Zeitung beiseite, nahm einen Schluck Tee. Die Gemahlin setzte sich zu ihm ans Bett, küsste ihm diesmal die Stirn.

„Du sollst dich doch ausruhen", wiederholte sie wie in kleinem demutsvollem Spiel.

Er runzelte die Stirn.

„Mach uns dein äußerstes Angebot!"

Und unten das kurze Bellen der Hunde.

Am seltsamsten erschien mir später, dass dieses Poker so ewig andauerte und mir wie im Trance Preise entschlüpften, die auf keinen Fall auskömmlich waren. Immer aufs Neue, als stünde ich unter seiner Knute, schleuderte mir Blome die Worte „Du bist uns zu teuer ... zu teuer!" entgegen, während er diffus mit den Händen herumfuchtelte. Mein Stresslevel stieg. Er hatte eine wahre Freude daran, mir buchstäblich die Luft abzudrücken. Und mein Gewinn rasselte gnadenlos in den Keller.

Auf dem Höhepunkt des kaum noch Erträglichen, was auch mit Apathie verbunden war, verabschiedete ich mich schnell. Dann stieg ich ohne ein weiteres Wort die Treppe hinunter. Frau Blome begleitete mich noch bis zur Tür. Beim Anblick ihrer armseligen Gestalt konnte ich mich nicht enthalten, zu sagen, dass sie mich stark an meine Mutter erinnere. Und da sie schwieg, fügte ich ironisch hinzu:

„Sie lebt mit meinem Vater auch in solch einer rührenden Harmonie."

Aus ihren Abschiedsworten entnahm ich eine gewisse Zutraulichkeit. Schlendernden Schrittes ging ich über den Hof. Das Tor fiel krachend ins Schloss. Noch spät abends wankte ich zwischen Schrecken und quälender Erleichterung.

Mit der Zeit wurde es besser. Ich schlief wieder durch. Hätte mir dieser Mensch den Auftrag erteilt, wäre ich ruiniert gewesen. Mein Gott, was für gescheiterte Geschäftsbesuche es gibt, aber es nützt alles nichts, man muss sich aufraffen und die Last weiter tragen.

Abstrakt in Öl

Am See

Ich stand versonnen am See,
mit dem Gefühl von Wasser über den Füßen.
Die Blätter berauschten sich im Windspiel.
Die dunkel gemischten Wolken
ließen mich ein wenig über Ahnungen nachdenken.
Unweit von mir auf einem Baumstumpf stand ein Mann
und starrte konzentriert in die Ferne.
Vielleicht hatte er sich auch nur gewundert
über das Ausbleiben meiner Frage,
was zu erspähen er sich dort zu erhoffen glaube …

Die Versuchung

Der junge Mann kam aus dem Sprechzimmer, schloss vorsichtig die Tür und ging am Tresen vorbei zur Garderobe. Dicht an dicht hingen die Mäntel. Das ist äußerst günstig, schoss es Jablonski durch den Kopf, während er seine Jacke umständlich vom Bügel streifte. Mit dem Überziehen hatte er keine Eile. Nervös suchte er Blicke. Gott sei Dank waren all die Vorbeigehenden in sich vertieft. Er nestelte übertrieben lange an seiner Jacke. Schon ewig trage ich den Plan im Kopf dachte er, nur wenn es darauf ankommt, zögere ich. Der Mensch hat es in der Hand, ob er ein Wagnis eingeht oder sich scheut und am Ende grämt ihn die verpasste Gelegenheit. Es muss einfach aufhören, dass ich mich nachts grübelnd wälze, aufstehe, hinlege, herumwandere, diese verfluchten Tropfen nehme ...

Sobald er damit begann, die Hand nach dem fremden Mantel auszustrecken, das Leder in der Seitentasche ertastete, war es, als ergriffe ihn ein Krampf. Einen kurzen Augenblick lang wollte er das Vorhaben abbrechen und weggehen. Mein Gott, bin ich denn verrückt, durchfuhr es ihn. Doch ohne weitere Skrupel zog er schließlich die bräunliche Geldbörse hervor und stopfte sie in seine Jackentasche.

Kaum einen Atemzug wagend verließ Jablonski die Praxis. Nur wenig belebt war die Straße.

Zu Hause angekommen, ging er sofort in sein Zimmer, trank vier Flaschen Bier und warf sich dann, so wie er war, aufs Bett. Bald fiel er in Träume, wurde jedoch halb wach in der Nacht und bemerkte, dass er sogar seine Jacke noch anhatte.

Ein furchtbarer Lärm drang am Morgen von der Straße herauf. Wie spät wird es sein, dachte er. Noch so dunkel. Er setzte sich auf. Und mit einem Schlag war die Erinnerung wieder da.

Er warf die Decke beiseite. Ihm war kalt, seine Gedanken kreisten in einem Wirrwarr. Plötzlich fiel ihm ein, dass die Geldbörse, die er entwendet hatte, noch immer in seiner Brusttasche steckte. Der Gedanke, hineinzusehen, war ihm noch gar nicht gekommen. Sogleich zog er das Leder hervor, öffnete es aber nicht, sondern stopfte die Beute unter einen Stapel Wäsche. Plötzlich erschrak er. Ein Versteck soll das sein? Was Dümmeres konnte mir wohl nicht einfallen. Im Schrank werden sie zuerst wühlen. Mein Geist lässt mich langsam im Stich.

Er setzte sich wieder aufs Bett; der Schweiß lief ihm, als wäre ein Fieber im Anmarsch. Was für eine gemeine Tat, dachte er. Wofür mache ich solche Sachen? Ich werde das Teil in den Keller schaffen. Oder nein, besser noch, verbrennen, wegschmeißen. Wie auch immer, Hauptsache, ich bekomme es schnell aus den Augen.

Erst spät am Nachmittag verließ er das Haus. Sein Herz klopfte gewaltig. Bis zum Kanal lief man gut eine Viertelstunde. Ich werde mich dort der Sache entledigen, entschied er, werde das Ding von der Brücke in den Fluss werfen, fertig. Andauernd sah er sich um, ob er etwa verfolgt würde, man ihm womöglich schon auf den Fersen war. Seltsamerweise heulte von einem Dach auch noch die Sirene, waren alsbald Fanfaren zu hören. Er lief über die Brücke, aber es war gar nicht möglich, dass er seinen Entschluss verwirklichte. Überall wimmelte es nur so von Menschen.

Schließlich gelangte er zu einer Tordurchfahrt. Dahinter erstreckte sich weit in den Hof hinein das Gelände einer alten, stillgelegten Fabrik. Allerlei Gerümpel lag herum und Berge von Schrott türmten sich. Langsam zog Dämmerung auf. Da niemand zu sehen war, wagte er sich noch bis zu einer Stelle vor, die ihm günstig erschien. Hier klaffte der Beton auseinander, überall zeigten sich breite Risse. Er beugte sich halb im Dunkeln zu einem der Spalte hinunter und stopfte die Geldbörse hinein. Sogar ein wenig Erde scharrte er noch zusammen und stampfte sie darüber fest. Danach verließ er den Hof und wandte sich in Richtung Innenstadt.

Ein Gefühl großer Erleichterung ergriff ihn. Nun ist es beseitigt, dachte er. Ich kann wieder frei atmen. Nicht in hundert Jahren wird man darauf stoßen, und selbst wenn der Zufall es wollte, wer sollte gerade auf mich kommen ...

Er hielt plötzlich inne. Ein Gedanke von gestern durchfuhr ihn. Er hatte es im Stillen geahnt, dass dieser Gedanke erneut auftauchen würde. In seinem Kopf ging es rund. Die Frage nach dem Sinn von dem Ganzen brachte ihn aus der Fassung. Kann ich mich jetzt noch ernst nehmen, dachte er bitter, wo ich nicht einmal in die Geldbörse hineingesehen habe, um zu erfahren, was mein Wagnis wert war, das ich eingegangen bin und wofür ich den ganzen Stress auf mich genommen habe? Eine so verwegene Tat habe ich vollbracht und der Lohn ist Nichts? Er ging und versprühte finstere Blicke. O Gott, wie mich das alles anekelt.

Sein Weg führte ihn an Plätzen vorbei, wo hier und da Aushänge mit immer dem gleichen Wortlaut an Laternen, Hauswänden, Bäumen oder hinter Schaufenstern gut leserlich angebracht waren. Der Text versetzte ihm einen Ruck von innen. Er las:

Ich habe hier in der Gegend gestern meine
braune Geldbörse verloren.
Gegen Finderlohn abzugeben unter 0176/34562700.

Er ging weiter ohne stehenzubleiben.

„Verloren ... verloren …" murmelte er vor sich hin, „So ein Unsinn."

Seine Lippen verzerrten sich; ein bis dahin unbekanntes Gefühl von Abscheu stieg in ihm auf, ähnlich wie Hass, eine Wut gegen sich selbst und alles, was ihm begegnete.

Er verlangsamte den Schritt, als er in die Nähe seines Wohnviertels kam. Selbst hier hingen einige dieser merkwürdigen Zettel. Er wollte den Blick abwenden, dennoch blieben seine Augen an einem Mann haften, der mehr als nur schlecht gekleidet aussah und das Geschriebene sehr aufmerksam betrachtete. Jablonski näherte sich ihm mit Widerwillen. Das ziemlich armselige Geschöpf schielte unter den Brauen missvergnügt zu ihm hin, zeigte auf das Wort *Geldbörse* und rief dabei leise:

„Die sieht der doch im Leben nicht wieder!"

Jablonski zuckte zusammen und lief rasch weiter, er kam kaum richtig zu sich, die Angst hielt ihn gepackt. Er hatte den Schlüssel gerade hervorgeholt, da bemerkte er erschrocken, dass die Haustür einen Spalt offenstand.

„Dann werden sie wohl schon alles durchsucht haben", sprach er vor sich hin, indessen er mit blassen Lippen und starrem Blick die Treppe hinaufstieg.

Doch nichts schien vorgefallen. Das Durcheinander im Zimmer war seiner eigenen Unordnung zuzuschreiben.

Die Nacht begann unruhig. An Schlaf war überhaupt nicht zu denken. Eine furchtbare Kälte überfiel ihn. Das wird Fieber sein, sinnierte er. Etwas steckt in mir. Ein Virus ist wieder im Umlauf. In aller Frühe machte er sich auf den Weg zum Arzt. Die Beine zitterten ihm.

„Das kommt von der Scheißangst", murmelte er vor sich hin.

Die Praxis war brechend voll. Die Schwester hinter dem Tresen tat überrascht.

„Nanu, waren Sie nicht gerade erst hier?"

„Ja, vorgestern", versetzte Jablonski nervös und dachte: Die soll nicht solche Zicken machen, sonst falle ich noch um.

„Brauchen Sie meine Krankenkarte?", schob er nach, griff mechanisch erst in die linke, dann in die rechte Brusttasche und zog das Portemonnaie hervor.

Im ersten Augenblick glaubte er, sein Herz bliebe stehen. Ein heftiger Schlag fuhr durch seinen Körper. Zur Salzsäure erstarrt, hielt er das bräunliche Leder, dass ihm nicht gehörte.

Ein Hundeleben

(Ein Mensch zu einem Hund verwandelt, aber mit menschlicher Sprache. Demgegenüber der Hundehalter in Menschengestalt, mit den Gebaren eines Hundes.)

Ich bin von Geburt ein Mensch, werde allerdings seit Jahren wie ein Hund gehalten. Ich kann es meinem Herrn nicht verdenken, habe ich mir doch im Laufe der Zeit so ein hündisches Benehmen angewöhnt. Daher war wohl abzusehen, dass ich irgendwann auf den Hund kommen würde.

Mittlerweile sehe ich einem Hund zum Verwechseln ähnlich, habe ein dichtes Fell, mein Kopf ist leicht abgerundet, die dreieckigen Ohren lasse ich meist hängen. Meine Augen sind hübsch oval, darin schimmert es grün. Ich habe ein deutliches Schnauzen-Profil und ein schwarzes, nasses Näschen. Von der Statur her bin ich athletisch gebaut und bewege mich kraftvoll auf vier Beinen. Also, wozu Angst haben vor diesem ungebildeten Herrn, dem Zweibeiner, welcher vom Wesen her einem verblödeten Köter gleicht, ja der bis zum heutigen Tage außer Befehle zu bellen, kein einziges Wort sprechen kann.

In aller Herrgottsfrühe führt er mich aus, bei Kälte und Dunkelheit. Wenn ich nicht schnell genug bin, schleift er mich an der Leine knurrend hinter sich her und bellt die ganze Straße wach. Eigentlich tut er mir leid. Dass er kein vernünftiges Gespräch führen kann, unterliegt halt nicht seinem Willen. Ihm fehlt es dazu schlichtweg an Gehirnleistung.

Trocken wird er anscheinend auch nicht. So ein mächtiges Wesen macht bei jedem Spaziergang noch in die Hosen. Während ich gelernt habe, trotz Leinenzwang, mal schnell in die Büsche zu flitzen, kriegt er bei Stuhldrang am Straßenrand nicht schnell genug die Buxen runter. Und wenn er es tatsächlich mal schafft, rechtzeitig in die Hocke zu gehen, zwingt er mich anschließend den Haufen mit den Pfoten wegzuscharren.

Die üblichen Mahlzeiten nehmen wir in der Regel gemeinsam ein. Ich darf, wenn ich schön brav seinem Bellen, Knurren und Winseln gehorche, sogar mit am Tisch sitzen. Dann kommt es vor, dass sich mein Gebieter, von einer unkontrollierten Fresslust getrieben, an meinem Napf vergreift, ihn zu sich herüberzieht und ableckt wie ein Tier.

Bevor ich zur Schlafenszeit meine geräumige Hütte aufsuche, bettelt er mich an, mit unter seine Bettdecke zu kriechen. Ich unterdrücke den Ekel, erkläre ihm scheinheilig, dass er für mich eine Majestät sei. Dadurch stehe ich weiter in seiner Gunst, obschon mich vor Abscheu beinahe der Brechreiz würgt, sobald er anfängt, mir plötzlich voll Freude die Schnauze zu lecken. Empfangen wir allerdings mal Besuch, erwidert er keinen Handschlag, sondern folgt plötzlich in solcher Runde einer strikten Hygiene. Ich hingegen lasse mich gern von unseren Gästen seitlich am Hals und hinter den Ohren kraulen.

Und obwohl ich seit Langem ein Hundeleben führe, habe ich nicht verlernt, meine Gefühle in Worte zu kleiden. In solchen Momenten sieht er mich neiderfüllt an, knurrt und zeigt seine Zähne. Als mein Halter, der mich füttert, mir einen Schlafplatz gewährt und für mich Steuern zahlt, erwartet er einfach, dass ich seine verschiedenen Laute in eine vermenschlichte Sprache übersetze; kurzum habe ich ihm in gewissen Kreisen ein williger Dolmetscher zu sein.

Ich bemühe mich nach Kräften um Einvernehmlichkeit zwischen uns. Soweit darf es nicht kommen, dass dieser despotische Zweibeiner ausflippt, mir womöglich beißwütig seine Zähne in den Hals schlägt.

Was in Gottes Namen erwartet mich, wenn er alt wird und die Krankheiten kommen? Ich fürchte, dann führt er mich kaum noch aus, hockt blöde in seinem Zimmer oder humpelt herum, jault, hüstelt und quält sich mit irgendeinem Schmerz. Und es ist dann nur eine Frage der Zeit, bis mir bei seinem Anblick das eigene Alter vor Augen steht, ich selbst kaum noch krauchen kann, aber weiterhin angeleint neben ihm hertrotte. Ich mag mir den Augenblick gar nicht vorstellen, wenn die Entscheidung fällt, ihn einschläfern zu lassen. Ein alleinstehender Hund bin ich dann, gleichwohl in meiner wahren Natur aber immer noch Mensch, mit artikulierter Sprache und klarem Verstand, ein Individuum, das seine Freiheit auskosten will und dennoch begreift, nicht unsterblich zu sein. Wenn mir die Stunde schlägt, vertraue ich darauf, dass jemand erscheint, der mir entsprechend meiner Verfügung den Abschied leicht macht, indem er über mein hündisches Wesen hinwegsieht und erkennt, dass ich auch nur ein Mensch bin, der kein endloses Siechtum erleiden will. Ob ich zum Schluss den Trank nehmen werde, es tatsächlich über mich bringe, den Becher zu leeren, sei dahingestellt. Mir wäre nur wichtig, ihn in ständiger Reichweite zu wissen, immer mit dem sicheren Gedanken im Kopf, nötigenfalls selbstbestimmt meinen Frieden im Jenseits zu finden.

Der Bote

Es war ein fliegender Bote, der neuerdings die Pakete austrug. Noch ehe ich nach dem Klingelton die Haustür erreichte, war er schon über mein Grundstück gestürmt, hatte die Sendung irgendwo abgelegt, wie bei einem Spiel um das beste Versteck. So ging das jahraus, jahrein. Was kümmert mich der vereinbarte Ablageort, wird sich der Bote gedacht haben, ich erlebe kaum etwas Aufregendes. Die Monotonie von Straße zu Straße nimmt immer mehr zu. Eine willkommene Abwechslung also, den Empfänger gehörig auf Trab zu halten. Und schließlich der Zettel mit der unverschämten Botschaft im Kasten:

WER SUCHET, DER FINDET.

Mein Unmut, das weiß dieser Mensch, würde verpuffen, noch ehe ich im Wirrwarr der Dienstwege bis zur obersten Beschwerdestelle gelangt bin. Selbst als ich ihn einmal am Hosenbund zu fassen bekam, riss er sich los, flatterte mehrmals unruhig ums Haus und erledigte seine Arbeit.

Es kam ein Spaziergänger vorbei, sah dem Schauspiel ein Weilchen zu und fragte dann, weshalb ich das Tun dieses Möchtegerns dulde?

„Ich bin ja machtlos", sagte ich. „Er kommt unverhofft, rennt wie ein Verrückter aufs Grundstück, und wenn ich ihn mal erwische, hat er schon alles versteckt."

„Dass Sie sich so etwas bieten lassen", sagte der Herr betont laut. „Halten Sie doch das Gartentor geschlossen. Soll er gefälligst klingeln und warten. Manieren sind das. Auch möchte ich Ihnen dringend ans Herz legen, bauen Sie einen höheren Zaun, das schreckt ab."

Der Bote hielt die Ohren gespitzt. In seinem Gesicht war zu lesen, dass er alles aufgeschnappt hatte. Schließlich flüchtete er in seinen weißen Transporter und rauschte davon.

Meine Pforte blieb von Stund an sorgsam verschlossen, zudem errichtete ich einen Zaun, der selbst für geübte Kletterer nur schwer zu überwinden sein dürfte. Das gefiel dem Boten offenbar gar nicht. Sogar nachts im Schlaf war mir, als hörte ich ihn hartnäckig an der Pforte rütteln.

Wie hätte ich jemals ahnen sollen, dass man schon bald auf höchster Ebene eine neue, an Dreistigkeit kaum zu überbietende Zustellungsverordnung in Kraft setzen würde. Der Mangel an Paketzustellern war riesig, was dazu führte, dass ein Bote in seinem Bezirk künftig die Arbeit von drei, wenn nicht gar vier Boten zu bewältigen hatte.

Sechs Wochen nach meiner nächsten Onlinebestellung – ich war gerade dabei, mein Mittagsschläfchen zu halten – klingelte es. „Der dreiste Bote", kam es mir murmelnd über die Lippen. Halb noch im Dusel wankte ich langsam die Treppe hinunter, öffnete die Haustür und wandte meinen Blick zum Gartentor. Zu meiner Überraschung stand dort der Spaziergänger von neulich, der mich heranwinkte.

„Ich habe alles genau beobachtet", rief er in höchster Erregung. „Das war vielleicht ein Gaudi. Unglaublich."

Ich sah ihn entgeistert an.

„Was denn für ein Gaudi?"

Der Herr konnte kaum an sich halten.

„Also, passen Sie auf", versetzte er ungestüm. „Ich bog dort vorn um die Ecke und erblickte den weißen Transporter. Das Fahrzeug stand unmittelbar neben Ihrem Grundstück. Und jetzt halten Sie sich fest. Auf dem Wagendach hatte sich dieser Clown von einem Boten in Stellung gebracht. Er nahm Maß, holte Schwung und warf das Paket in hohem Bogen über den Zaun. Ich konnte erkennen, wie es im Holunderbusch landete. Ich eilte hin, um den Kerl zur Rede zu stellen, aber diese Kanaille hatte kein Ohr für mich, sondern besaß noch die Kühnheit, mir kommentarlos diesen Zettel hier in die Hand zu drücken. Er muss mich in seinem Wahn wohl für den Empfänger der Sendung gehalten haben."

„Zeigen Sie schon her!", rief ich in heller Empörung.

Der Herr reichte mir bereitwillig das Stückchen Papier. Die Schrift war schlecht leserlich, nur so dahin gekritzelt. Mit Mühe und Not entzifferte ich die Worte:

WURFSENDUNG ZUGESTELLT.

Herr Libera

Mich zu meinem Kollegen Libera an den Tisch zu setzen, bedarf der Gewöhnung. Er hat eine Menge zu sagen und er glüht dabei förmlich vor Eifer. Aber seine Stimme ist so erschreckend leise. Dennoch scheue ich mich nicht, immer wieder mal den Stuhl ein Stück näher heran zu rücken, um noch intensiver lauschen zu können.

Ich gebe mir keine Blöße, spiele ihm vor, dass ich den Wortlaut verstehe, dabei sind es nur schwache Vokale und rauschende Töne. Er ist ein so erfolgreicher Außendienstmann, dass ich ihn unmöglich vor den Kopf stoßen kann. Ich versuche, es ihm wenigstens von den Lippen abzulesen. Umsonst. Bleibt mir noch, seine Mimik ins Auge zu fassen, ob er gerade lacht oder ernste Miene zeigt. Sogleich werde auch ich ernst oder lache mit. Es ist kein gutes Gefühl, eine solche Täuschung fertig zu bringen, nur um ihn nicht zu kränken. Herr Libera ist leicht kränkbar. Ich weiß über Dritte, dass er fünf Kunden am Tage besucht. Im Vergleich zu meinem Pensum eine beachtliche Leistung, die mir Respekt abnötigt. Wie kommt er nur mit seinen Kunden zurecht?

Es kann sein, sie verstehen nicht jedes Wort, gleichwohl aber die Zusammenhänge. Fehlt es mir etwa an tiefsinniger Aufmerksamkeit, an genügendem Einfühlungsvermögen? Habe ich womöglich eine zu bemängelnde Auffassungsgabe, eine angeborene Konzentrationsschwäche? Ich will ehrlich sein; tatsächlich bin ich in mancher Runde mit meinen Gedanken zuweilen sonst wo, nur nicht bei der Sache. Kein Wunder, wenn mir irgendwann blüht, still und leise abgehängt, ja weitestgehend abgeschnitten zu sein von jeglicher Verständigung, höchstens noch an solchen Gesprächen beteiligt zu sein, die mir geistig nichts abverlangen. Einsamkeit droht mir; man wird mir das Gefühl geben, als ob ich gar nicht da wäre.

Es ist schlimm, mit dem Gefühl der Ahnungslosigkeit herumzulaufen und am nächsten Tag, nach diesem oder jenem gefragt, nur mit Schulterzucken und Grübel-Gesicht reagieren zu können. – Ach, ich peinige und quäle mich. Warum verstehen Herrn Libera andere? Schmidt zum Beispiel. Schmidt klopft ihm alle Nase lang begeistert auf die Schulter oder nickt wie verrückt. Vielleicht ist es auch bloß so eine Taktik. Ich darf dem nicht nachstehen und lache auch, lache aus vollem Halse, reiße hin und wieder die Augen groß auf, vollführe unmotivierte Handbewegungen. Was für ein Zirkus. Manche Leute, das lässt sich beobachten, geraten ins Mitlachen, nur um sich den Anschein innigster Beteiligung zu geben. Ein Symptom ihrer Unsicherheit, sonst nichts.

Warum sage ich Herrn Libera nicht klipp und klar, dass ich trotz aller Mühe kaum ein Wort von dem, was er über die Lippen bringt, verstehe und er aufhören soll, unentwegt vor sich hin zu nuscheln? Aber der Ausgeschlossene, das ist zu befürchten, bin am Ende ich, denn all die anderen, die sich nach meiner Wahrnehmung von Herrn Libera wie magisch angezogen fühlen, befinden sich irgendwie im Gespräch. Herr Libera mit seinen Sorgen und Nöten ist sich schnell seiner Mittelpunktrolle bewusst geworden, indem er ungeteilt nach Aufmerksamkeit sucht. Am liebsten würde ich aufstehen und gehen. Wenn das so leicht wäre. Nein, ich darf nicht klein beigeben. Obwohl mir nach Schreien zumute ist, präziser gesagt, nach Aufschreien, treffe ich abrupt die Entscheidung, meine Stimme zu dämpfen, sie auf die Lautstärke von Herrn Libera herunter zu regeln. Das ist kaum zu bewerkstelligen. Ich werde dermaßen leise, dass mein Flüstern bald nur noch ein Hauch ist und ich mich selbst nicht mehr höre. Meine Rhetorik besteht aus nahezu stummen Lippenbewegungen.

Plötzlich, wie aus heiterem Himmel, ist da eine farbliche Veränderung in Herrn Liberas Gesicht. Herr Libera gefällt mir gar nicht. Er ist ganz blass geworden, hustet, Schweißperlen laufen ihm über die Stirn, seine Miene wirkt stark verkniffen. Er schlägt unvermittelt mit der flachen Hand auf den Tisch. Es schmerzt mich. Wie still es auf einmal wird. Ich denke gar nicht daran, mit meinen stummen Lippenbewegungen inne zu halten. Herr Libera schluckt. Er ist so verdutzt, dass er sich kaum mehr den Mund aufzumachen getraut. Seine Augen weiten sich. Ich weiß nicht warum, aber Herr Libera hat sich ungewohnt weit über die Tischplatte gebeugt, hält den Kopf dabei angespannt in den Nacken. Sein Blick trifft mich. Ich starre ihm auf den Mund. Er öffnet kaum merklich die Lippen. Er wird anatomisch einge- schränkt sein, geht es mir durch den Kopf, einen Burger oder einen Apfel essen zu können. Ich halte mir höchst konzentriert die gewölbte Hand hinters Ohr, horche scheu atmend und ver- nehme, wie er mit aller Anstrengung seiner schwachen Kehle die Frage hervorpresst, warum ich die ganze Zeit flüstere, ob ich ihn hänseln wolle oder etwas zu verbergen suche? Wir soll- ten doch laut und vernehmlich, eben wie gleichgestellte Kolle- gen, miteinander kommunizieren. Schließlich säßen wir alle im selben Boot, hätten im Unternehmen einen anspruchsvollen Verkaufsauftrag zu erfüllen. Seine Stimme ist stark belegt, so dass zu befürchten ist, dass er jeden Augenblick wieder in sein altes Muster zurückfällt.

Ich nicke versöhnlich, hebe gelassen die Hand:

„Klar doch", sage ich laut.

Er schmunzelt mir zu. Mir scheint, er ist nahe daran zu la- chen. Am liebsten würde ich ihn in den Arm nehmen. Der Wirt stellt uns wortlos ein Bier hin. Ich bitte ihn höflich, die Musik-box einzuschalten. Oh ja, die allgemeine Geschäftslage ist so schlecht, dass es gerade jetzt darauf ankommt, Teamgeist zu be-wahren.

Erleichtert lehne ich mich zurück, lasse meine Ängste ziehen und genieße ganz still eine alte verträumte Melodie.

Radfahren

Auf dem Rahmen
meiner Möglichkeiten
flecht' ich den Zahnkranz
beim Tanz der Pedale.

Und kommt mir eine Wurzel dazwischen,
dass es mich bremst,
schwingt wieder hinauf mich
chromglänzende Schwalbe.

Aber wer sitzt schon so fest
im Sattel,
dass er nicht auch an Rücktritt mal denkt,
weil man ja manchmal
die Kurve nicht kriegt.

Baum am Feldrand

In der Tretmühle

„Mein Gott!", rief er aus. „Will ich denn wirklich, wirklich die gleiche mühsame Strecke fahren … werde ich mich wieder zur selben Zeit, dass man fast die Uhr danach stellen kann, aufs Rad schwingen und die achtzehn Kilometer bis zu diesem Ort radeln? Bereits nach den ersten Metern, ganz klar, werde ich wieder über genügend Luft in den Reifen nachdenken müssen und bei jedem Tritt in die Pedale das unaufhörlich leise Knacken zu deuten versuchen."

Bei diesen Worten stieg Gregor aufs Rad.

„Ja, was rede ich denn da?", fuhr er fort. „Ich weiß doch im Vorhinein, dass ich gar nicht anders kann. Mir ist, als würde mich jemand an einem Seil ziehen. Warum also quäle ich mich mit immer denselben Fragen? Erst neulich, als ich zum dutzenden Mal diese Tour unternommen habe, schien mir vollständig klar zu sein, dass ich es nicht länger aushalten kann, diesen vielfach zerklüfteten Weg zu nehmen, diese in alle Richtungen wund gefahrene Straße, wo sich der parallel verlaufende Radweg bereits hochzuwölben beginnt."

Er machte plötzlich halt, sah sich erstaunt um, als sei er verwundert, wie weit er bereits gekommen war, und fuhr in gemäßigtem Tempo weiter. Sein Gesicht war angespannt, die Augen brannten ihm, in all seinen Gliedern steckte unendliche Willenskraft, und es wurde ihm auf einmal leicht und friedlich zumute. Schon von weitem sah er die kleine Ortschaft deutlich umrissen in der klaren Luft. Die Augen weniger auf das Ziel denn auf den Weg gerichtet fuhr er weiter, nichts sonst kümmerte ihn.

Es war gegen neun Uhr, als er am Ortsschild vorbeikam. Er sah die alte Schläfrigkeit der wenigen Häuser, die ermüdeten Bäume, die zerzausten Felder. Er sah keine Menschenseele, nur

Schwärme von Krähen, die den Kirchturm umkreisten. Er spürte nicht, wie es sich anfühlen musste, hier wohnhaft zu sein. Und dann geriet doch jemand ins Blickfeld: ein älterer Mann, klein von Gestalt mit Hut, den Rucksack geschultert. Er ging mit festem, gleichmäßigem Schritt. Gregor fuhr sachte heran, stieg vom Rad und schob es.

„Guten Tag!", rief er, während er seinen Schritt dem des Mannes anpasste. „Sie sehen sich den Ort an?"

Der Angesprochene warf Gregor einen kurzen Seitenblick zu.

„Das geschieht nur nebenbei", warf er hin. „Ich bin lieber unterwegs." Und freundlich gesinnt fügte er hinzu: „Und was machst du?"

„Kleine Radtour", antwortete Gregor. „Ich sitze fast jeden Tag auf dem Sattel. Radfahren ist pure Entspannung. Ich war schon öfter an diesem Ort. Die Wege sind herzlich schlecht. Aber ist es nicht seltsam? Ich nehme die Anstrengung immer von Neuem auf mich, gerade so, als erwarte mich hier ein Wunder."

Der Mann blieb jäh stehen, sah Gregor ungläubig an und bemerkte trocken:

„Ein Wunder sagst du?"

Er nahm seinen Marsch wieder auf. Nach einem kurzen Schweigen fuhr Gregor fort:

„Und jetzt, wo ich es geschafft habe und an Ort und Stelle bin, sehe ich die Raben kreisen. Immer noch stehen die Bauten eng aneinander, sind die Straßen buchstäblich leergefegt, bellt kein Hund, kräht kein Hahn. Und ich frage mich, was hält die Leute in ihren Häusern? Pardon mein Herr, ich fühle Ernüchterung. Mein Empfinden für Glück scheint sich nahezu verflüchtigt zu haben."

Der Mann lächelte still vor sich hin. „Soll das heißen, du bist heute zum letzten Mal hier?"

„O nein, nein", wehrte Gregor ungestüm ab, „das will ich mir auf keinen Fall vorstellen müssen. Irgendwas muss sich doch verändern. Ich möchte nur nicht ständig in so einer fatalen Tretmühle sein."

„Dann gib nicht auf!", sagte der Mann.

Er legte einen Schritt zu. Gregor konnte kaum folgen.

„Lerne den Weg zu schätzen und zu genießen!", drang es an seine Ohren.

Der Mann begann plötzlich in eine recht zügige Gangart zu wechseln. Gregor blieb stehen. Der Unbekannte entfernte sich zusehends. Ein frischer Wind trieb das Laub vor sich her. Gregor sah in die Sonne, atmete tief durch, schwang sich aufs Rad und fuhr weiter …

Leere Tage

Die Tage sind leerer geworden.
Die unwiederbringlich Aussterbenden
nähern sich dem Horizont.
Bald musst du den Blaumann anziehen
und den inneren Schweinehund fortjagen,
denn das Gewimmel der Rohre
in den Gräben der vor Langem begonnenen Straße
ist faulig geworden.
Langsam verblasst das Rot-weiß der Zäune.
Dein Blick geistert im Nebel;
die unwiederbringlich Aussterbenden
nähern sich dem Horizont.

Drüben an den verrotteten Gräben
läuft die Geliebte im Sand,
wohl auf der Suche nach Schönheit.
Staub senkt sich ins wehende Haar.
Noch nimmt sie ihre Schmerzen gelassen.
Die Gemälde am Körper scheinen zu bluten.
Telefonate sind sinnlos.
Ohne Termin kein Mensch in der Leitung.
Nichts fährt, das Gleisbett verworfen.
Der Leiharzt auf Abruf erklärt, sie sei sterblich,
und nimmt seinen Hut
nach der letzten Umarmung.

Such nicht herum,
klopfe nirgends.
Trage den Blaumann.

Jage den inneren Schweinehund fort.
Schütte die Gräben zu.
Stoße die Zäune um.
Ihre Wunden verbinde.

Die Tage sind leerer geworden.

Sprechstunde

Ich denke, es müsste schon jemand erreichbar sein, sagte sich die Arzthelferin von Dr. Rühmkopf in der Praxis für innere Medizin und wählte Punkt acht Uhr die Nummer des Patienten Lothar Frohwein.

Das Tuten in der Leitung wollte kein Ende nehmen, bis endlich die Mailbox ansprang: „Liebe Ärzteschaft. Herzlich willkommen im Hause von Lothar Frohwein. Leider sind unsere Familienmitglieder gerade im Gespräch. Wir bitten Sie um einen Augenblick Geduld. Wir bemühen uns, Ihren Anruf schnellstmöglich entgegenzunehmen."

Da wird wohl jeden Moment jemand in der Leitung sein, ging es der Arzthelferin durch den Kopf, während sie hoffnungsfroh den Klängen der neunten Sinfonie von Beethoven lauschte. Jäh brach die Musik ab. Ihr Herz schlug höher. Doch Sekunden später der gleiche Ansagetext und wieder die Neunte von Beethoven. Nach einer Dreiviertelstunde legte Frau Grubach frustriert auf.

Indessen stand Dr. Rühmkopf als Alleinunterhalter am großen Fenster seines Sprechzimmers, unentwegt mit der Frage beschäftigt, ob sich wohl heute noch was täte. Dieses ständige Herumtelefonieren, bloß, um einen Termin beim Patienten zu kriegen, macht einen am Ende noch krank. Er hörte es klopfen, murmelte etwas und Frau Grubach trat ein.

„Entschuldigung, aber ich erreiche Herrn Frohwein ganz schlecht. Nur die Mobilbox springt an. Man wird wie immer vertröstet, neuerdings mit Musik."

„Dachte ich mir. Wir müssen halt hinfahren. Alles andere wäre Zeit totschlagen."

„Ganz richtig, ich hole nur schnell meinen Mantel."

Rühmkopf griff seinen Aktenkoffer mit dem Notwendigsten. Seit die Wartezimmer in den meisten Praxen inzwischen Leerstand verzeichnen, hat sich das Blatt in der Gesundheitsbetreuung grundlegend gewendet. Wenige Minuten später saßen sie beide im Auto. Der Verkehr am Morgen hatte die Gewohnheit, langsam zu verstopfen. Eine ganze Armada von Medizinern war unterwegs.

Lothar Frohwein wohnte im sechzehnten Stock einer frisch sanierten Plattenbausiedlung. Wie beinahe erwartet, drängte sich am Fahrstuhl ein Menschenknäuel. Der Aufzug rumpelte, dass man Angst haben musste. Oben angelangt, suchten sie nach dem Namensschild. Das Gekritzel war kaum zu entziffern. Eine große, nach Parfum duftende Frau um die Fünfzig öffnete ihnen. Sie hatte einen kühlen, reservierten Blick.

„Was kann ich für Sie tun?"

„Schönen guten Tag. Rühmkopf mein Name, Hausarzt von Herrn Frohwein. Das ist meine Kollegin Frau Grubach."

Sie hielten ihre Ausweise hoch.

Die Frau maß beide vom Kopf bis zu den Füßen.

„Haben Sie einen Termin?"

„Leider nein. Gerade deshalb sind wir ja hier."

„Na, Sie sind mir vielleicht ein Umstandskrämer. Ein Anruf hätte genügt."

„Das haben wir versucht. Außer der Mobilbox war niemand zu erreichen."

Die Frau zog die Mundwinkel nach unten.

„Mein Mann und ich versuchen jedem Anrufer das Warten mit ein bisschen Musik zu erleichtern. Ich denke, schon das verdient Anerkennung."

„Da haben Sie völlig recht", reagierte Frau Grubach devot. „Aber der persönliche Kontakt zum Patienten ist uns viel wert.

„Ganz genau", pflichtete ihr Dr. Rühmkopf bei. „Dürften wir also um einen Termin bei Herrn Frohwein bitten?"

Die Frau sah ihn an. Ihre Augen waren farblos. Sie lächelte matt.

„Wenn Sie schon mal hier sind, können Sie meinetwegen auch warten."

„Oh, das ist sehr freundlich."

„Dann kommen Sie rein. Eins sage ich Ihnen aber gleich, das erfordert Geduld. Wir sind heute gut besucht."

Sie durchquerten einen langen Korridor. Als sie die Wohnstube betraten, richteten sich dutzende Blicke auf sie. Das Zimmer war überladen mit Fachärzten aus allen Bereichen. Rühmkopf wusste von einigen Gesichtern recht schnell, wer die Betreffenden namentlich waren.

„Das kann ja heiter werden", flüsterte er seiner Begleiterin zu. „Dieser Dr. Beinstumpf ist auch anwesend. Er soll Hausoperationen sogar schon auf dem Küchentisch durchgeführt haben … Wir werden hier wohl eine halbe Ewigkeit zubringen müssen."

„Das Gefühl habe ich auch. Man sollte künftig öfter mal die Patienten wechseln."

Die Zeiger der Uhr krochen dahin. Einige der Wartenden begannen zu rauchen, andere wiederum bissen von ihren mitgebrachten Stullen ab und tranken dabei aus Thermoskannen.

Endlich hörte Rühmkopf seinen Namen rufen. Es ging schon stark auf Mittag zu. Etwas mehr als vier Stunden hatten sie ausgeharrt. Lothar Frohwein saß in seinem Sprechzimmer hinter dem Schreibtisch. Medizinische Fachbücher stapelten sich vom Boden bis zur Decke, der Monitor seines Computers flimmerte. Seine Miene wirkte angespannt.

„Nehmen Sie bitte Platz. Was führt Sie beide denn zu mir?"

„Nun", nahm Frau Grubach vorweg, „wenn der Prophet nicht zum Berg kommt, muss der Berg eben zum Propheten kommen."

Allgemeines Gelächter.

„Aha, dann kommen Sie also wegen meiner Diagnose?"

„Sehr richtig", ergriff Dr. Rühmkopf das Wort. „Ich bin sicher, Sie haben schon eine."

„Natürlich, wozu wäre ich sonst ein gut gebildeter Patient."

„Und wie lautet Ihre Diagnose?"

„Warten Sie. Laut Suchmaschine: Emphynalitesgenitales."

„Großer Gott … Frau Grubach, bitte notieren Sie. Hab' ich mein Lebtag noch nicht gehört. Na hoffentlich eine Früherkennung."

„Ich denke schon, hab' die Krankheit rechtzeitig gegoogelt."

„Oh, da sind wir erleichtert, nicht wahr, Frau Grubach?"

Der Blick der Dame weitete sich.

„Ja, eine wirklich erfreuliche Nachricht."

Dr. Rühmkopf nickte fortwährend:

„Und an welche Medikation zur Therapie hatten Sie gedacht, Herr Frohwein? Ich meine, was steht denn auf Ihrer Wunschliste?"

„Da bin ich jetzt platt, Dr. Rühmkopf. Plötzlich so freigiebig? Früher, wenn ich auf allen Vieren in ihre Praxis gekrochen kam, habe ich um eine Tablette regelrecht betteln müssen."

Im Zimmer entstand ein Schweigen. Frohwein zog ein Blatt Papier aus dem Drucker und sagte entschieden:

„Also, mein Copilot empfiehlt folgende Präparate: Myloklozatin, Rügofasil, Placebolat, Cannabolis, Nytroagilazetat …"

Der Arzt legte den Aktenkoffer auf seinen Schoß, ließ die Schlösser aufspringen und öffnete ihn. Mit Staunen heftete

Frohwein den Blick auf die Fülle an Packungen der verschiedenartigsten Medikamente.

„Und was ich für meine Genesung brauche, ist wirklich dabei?", fragte er.

„Auf jeden Fall. Da sind Sie baff, was? Ich überlasse Ihnen den Koffer. Ein Werbegeschenk unseres Pharmazeuten."

„Oh, da fehlen mir wirklich die Worte. Kann ich sonst noch was für Sie tun, Herr Dr. Rühmkopf?"

„Ja, eine kleine Formalität. Wenn Sie bitte Ihre Versichertenkarte in das Lesegerät stecken könnten. Meine Kollegin hat es dabei."

„Ist das denn wirklich nötig?"

Der Arzt zwang sich zu einem Lachen.

„Entschuldigung, Herr Frohwein, ein bisschen Geld verdienen muss ich schon noch. Ich zahle für meine Geschäftsräume weiterhin Miete, auch wenn das Wartezimmer die meiste Zeit leer steht."

Als der Patient den Arzt später zur Tür begleitete, sagte er:

„Wissen Sie, Herr Doktor Rühmkopf, ich bin wirklich froh, dass die Gesundheitsreform unseres neuen Ministers langsam greift."

Kreide

„Es ist eine eigenwillige Konstruktion", sagte der Besichtigungsführer zu dem Korrespondenten und betrachtete mit einem gewissen Hochmut die ihm seit kurzem anvertraute freischwebende Aussichtskanzel, welche beeindruckende 118 Meter über den Kreidefelsen hinausragte.

Der bisher genutzte Aussichtspunkt direkt auf dem Felsgebilde war zur Entlastung des porösen Kreidegesteins inzwischen gesperrt worden. Außer dem Besichtigungsführer und dem Korrespondenten war noch ein ganzer Schwarm von Bediensteten zugegen, die das operative Besuchermanagement zu gewährleisten hatten.

Der Korrespondent schien eher aus Höflichkeit denn aus beruflichem Ehrgeiz der Einladung des Besichtigungsführers gefolgt zu sein, welcher ihn geradezu gedrängt hatte, der Präsentation jener Erfindung beizuwohnen, die dem Besucher eine außergewöhnliche Perspektive auf die Kreideküste ermöglichen sollte.

„Bitte setzen Sie sich doch", sagte der Besichtigungsführer schließlich, holte aus einem Schuppen voller Gerätschaften einen Klappsessel herbei, bot ihn dem Korrespondenten an und fragte dann vorsichtig.

„Sie werden in Ihrer Zeitung darüber berichten?"

Der Korrespondent warf ein Ende seines Schals am Hals leger über die Schulter und setzte sich nieder.

„Ich bin ganz Ohr."

„Ich weiß nicht", sagte der Besichtigungsführer, „ob Sie von unserem Geschäftsmodell schon gehört haben?"

Der Korrespondent zuckte die Achseln, was sein Gegenüber als willkommenes Zeichen wahrnahm, das Projekt zu erklären.

„Dieser elliptisch verlaufende Skywalk", sagte er und umfasste demonstrativ eines der mächtigen Abspannseile, „ist das Ergebnis gemeinsamen konzentrierten Denkens von Experten unserer Denkfabrik im Auftrag des Investors der Erlebnis-Akademie. Ich war an den wichtigsten Entwicklungen selbst beteiligt. Der luxuriöse Bau dauerte zwei Jahre und verschlang Unsummen. Aber die Idee dahinter ist zündend. Doch lassen Sie mich nun zum eigentlichen Prozedere kommen."

Er langte in seine Manteltasche und zog ein dunkles Tuch hervor.

„Wir setzen Augenbinden ein", sagte er und hielt mit großer Geste den Stoff in die Höhe. „Die Verteilung erfolgt direkt an der Kasse."

Der Korrespondent zog die Brauen zusammen.

„Augenbinden!?", entfuhr es ihm mit einem halben Lachen. Er beugte sich vor.

„Ganz genau", bekräftigte der Besichtigungsführer. „Fühlen Sie mal." Er reichte dem Betrachter das Tuch und merkte an: „Es ist besonders präpariert."

Der Korrespondent geriet unvermittelt ins Staunen; seine frühere Gleichgültigkeit schien etwas nachzulassen.

„Und was geschieht weiter?"

Er legte plötzlich zum Schutz gegen die Sonne die Hand über die Augen und betrachtete sein Gegenüber mit prüfendem Blick.

„Nun", sagte dieser nach einer kleinen Weile, „die Besucher werden von meinen Leuten mit verbundenen Augen die Ellipse entlanggeführt. Am Ausblick wird dann nach einem Moment des Besinnens das Tuch langsam entfernt …"

„Wie bitte?", unterbrach ihn der Korrespondent verblüfft. „Machen Sie Witze?"

„Durchaus nicht", erwiderte der Besichtigungsführer, dem plötzlich Schweiß auf die Stirn trat.

Er wollte in seinen Erklärungen fortfahren, aber der Korrespondent konnte nicht an sich halten:

„Und das machen die Leute einfach mit?"

„Aber gewiss", versicherte der Besichtigungsführer. „Die sind ganz versessen darauf, mit dem Augenschal bis zur Stelle des schärfsten Sehens geführt zu werden. Viele, die hierherkamen, erzählten von traumartigen Bildern im Kopf, noch ehe der Vorhang sich auftat und sie den bizarren Anblick der Kreide genossen." Und mit entzückter Miene setzte er hinzu: „Schauen Sie mal dort."

Der Korrespondent drehte sprachlos den Kopf. Ein Stückchen bergab am Kassenhäuschen standen sie Schlange. Die Schranke war noch geschlossen. Der Besichtigungsführer sah auf die Uhr.

„Zwei Minuten", sagte er, „dann öffnen wir heute. Machen Sie sich selbst ein Bild."

„Unglaublich", bemerkte der Korrespondent. „Und was kostet der ganze Spaß?"

„Je nachdem."

„Wie je nachdem? Sie meinen, der Preis variiert?"

„Korrekt", erklärte der Besichtigungsführer nun ziemlich in seinem Element. „Die Höhe des Preises richtet sich exakt nach der Dauer des Blicks. Und der ist nach unseren allgemeinen Geschäftsbedingungen klar definiert. Er bewegt sich zwischen zehn und vierzig Euro."

„Das wird ja immer besser!", rief der Korrespondent. Er brach in ein Gelächter aus. „Und wie lange, bitte schön, darf geguckt werden?"

„Wir reden von Sekunden, gestaffelt nach Viertelminuten."

„Sekunden … Viertelminuten?" Der Korrespondent bekam den Mund nicht zu. „Na schön, aber wie wollen Sie – mal abgesehen von dem geringen Zeitlimit – das denn steuern?"

„Auch das ist geregelt", verkündete der Besichtigungsführer stolz und wischte sich über die heiße Stirn. „Die Kassierer geben gestempelte Zettel aus, darauf ist alles sekundengenau vermerkt. Meine Männer, in deren Begleitung sich die Besucher befinden, kontrollieren dies peinlich genau."

Der Korrespondent erhob sich und blickte etwas ziellos umher.

„Ich tue mich wahrhaftig schwer", sagte er nachdenklich, „einen rechten Sinn darin zu erkenne, geschweige denn, dass es mich anregt, in unserem Blatt für die Sache zu werben. Was für einen Zweck hätte das? Warum um alles in der Welt lassen Sie die Menschen nicht nach Herzenslust schauen?"

„Das genau ist der Punkt", ereiferte sich der Besichtigungsführer, der seine Felle davonschwimmen sah. „Wir wirken mit unserem Modell dem Gewöhnungseffekt entgegen, dem Überdruss, dem Feind jeden Gefühls für Glück. Bewilligt wird maximal eine Minute; alles darüber hinaus – das belegen Studien – bringt den Reiz über kurz oder lang zum Erliegen. Wir hatten das gleich am Anfang mal ohne Binde für wenig Geld sehr freizügig praktiziert. Das Resultat war ernüchternd. Die Leute hatten sich regelrecht satt gesehen und kamen nicht wieder. Die Besuchszahlen im Allgemeinen gingen damals spürbar zurück."

„Sie kommen!", verkündete plötzlich einer der Management-Operateure, hob leicht die Hand und die Servicekolonne formierte sich.

Als die Menge in lockeren Grüppchen angelangt war, lief alles wie am Schnürchen. Die ersten Augenbinden waren im Nu angelegt.

90

Der Korrespondent verfolgte das Geschehen mit wachsender Besorgnis. Er hatte seine eigene Wahrnehmung. Das obskure Gedankenspiel einer inszenierten Erschießung ließ sich nicht so leicht unterbrechen und er sah, wie jeder seinem Begleiter devot den Zettel hinreichte, so als stünde darauf das zu vollstreckende Urteil geschrieben. Dabei war es doch nur die notierte Viertelminutenzeit, die sie für ihre Blicke im Voraus bezahlt hatten.

Den Korrespondenten beschlich das sonderbar leise Gefühl einer gewissen Vorahnung. Und er hielt den Bleistift gezückt. Sekunden später dann das schier Unfassbare. Ein Mann aus der Menge war mit zwei langen Sprüngen an der Brüstung, schwang sich darüber, klammerte sich noch kurz ans Geländer und ließ sich hinabfallen. Das mehrmalige Aufschlagen des Körpers am schräg verlaufenden Steilhang klang dumpf; Kreidestaub wirbelte auf. Das Verstummen der Menge war bald eindringlicher als jeder Aufschrei.

„Wir hatten erst letzte Woche einen Suizidenten darunter", ließ sich der Besichtigungsführer lakonisch vernehmen, noch ehe er daran ging, die nötigen Telefonate zu führen.

Sie eilten bis ans äußerste Ende der Plattform und beugten sich über die Brüstung.

„Ich nehme an", sagte der Korrespondent etwas kühl, „ein derart düsteres Geschehen ist schnell in aller Munde."

„Und ob", bekräftigte der Besichtigungsführer. „Es lockt einmal mehr die Neugierde an."

Die sich nähernden Fanfaren drohten jedes weitere Wort zu übertönen.

„Ich hoffe nun sehr", rief der Besichtigungsführer und legte fast freundschaftlich den Arm um die Schulter des Korrespondenten, „wir finden in Ihnen einen offenen Anhänger unseres Modells!"

Der Korrespondent nickte verhalten. Er kritzelte eifrig auf seinem Notizblock.

„Unter diesen Umständen", rief er, „denke ich schon, dass die Sache in der Presse Beachtung findet. Mein Bericht wird noch heute der Redaktion zugestellt."

Brandung vor der Küste

Ich brauche Gas

Kein Gas mehr im Rohrnetz; leer der Speicher; nutzlos die neue Therme; alle Öfen schon lange abgetragen; die Zimmerwände atmen Frost; im Garten die Bäume starr im Eiswind. Die Telefon-Hotline, ein drohendes Warten für den, der sich von ihr Hilfe verspricht. Ich muss Gas haben, schnellstens; ich will doch nicht erfrieren; unter den Fenstern die Heizkörper kalt und gnadenlos, noch gnadenloser diese Hotline; infolgedessen muss ich sofort wie besessen vom Hof reiten und beim Gaslieferanten persönlich um Mindestversorgung ersuchen.

Mit einem gewöhnlichen Antrag, dessen bin ich gewiss, beiße ich dort auf Granit; ich muss ihnen anhand der Gasuhr, die ich aus der Not heraus einfach ausbaue und mitführe, nachweisen, dass seit Tagen nichts mehr geflossen ist und daher das kleinste bisschen Wärme für mich der „Himmel auf Erden" bedeutet. Ich muss kommen wie einer, der völlig ausgelaugt dem Frosttod schon nah war und dem deshalb der mildtätige Pförtner am Eingang zu den hochherrschaftlichen Etagen den letzten Rest seines Branntweines einflößt. Ebenso muss mir die Person in einer der Amtsstuben, zu der ich Zähneklappernd im Fahrstuhl aufsteige, unter dem biblischen Gebot der Nächstenliebe wenigstens ein paar Kubikmeter Freigabe durch die Leitung gewähren.

Mein Hinkommen soll frei sein von Emissionen, ich schwinge mich deshalb aufs Stahlross. Die klammen Hände fest am Lenker, den Sattel gepolstert, geht es in scharfem Trab die harsch gefrorenen Wege entlang. Beschwerlich die Hänge zu nehmen; ins Tal dafür schneller Sprint. Das mächtige Gebäude ist bald ausgemacht; Festbeleuchtung am helllichten Tage, mein Blick schweift erstaunt über vielfach gekippte Fenster.

Den schweren Rucksack geschultert, steige ich ab. Plötzlich, wie auf ein Zeichen, erlöschen nacheinander die Lampen; Sonnenlicht spiegelt sich in den Scheiben. Kein Mensch weit und breit. Ich schwebe fast lautlos hinauf bis zur Zehnten. Hinter einer der Türen im Gang soll dem Vernehmen nach der Gasbeauftragte sitzen.

Ich klopfe hier, poche da; endlich öffnet sich eine Tür, aber nicht weit. Ein Hitzeschwall schlägt mir entgegen. Der untersetzte Mann, pausbackig, rotwangig, lässt den Türgriff nicht aus der Hand, als erwäge er, die Tür gleich wieder zuzuschlagen. Er ist nur mit T-Shirt und leichter Hose bekleidet. Nach einem Schweigen entfährt es mir mit bebender Stimme:

„Bitte, mein Herr, genehmigen Sie mir ein wenig Gas. Es strömt schon seit Tagen nichts mehr. Hier der Beweis."

Ich setze den Rucksack ab, um mittels der Gasuhr den Zählerstand vorzuführen, doch er winkt ab, macht Miene, mich abzuwimmeln.

„Wir haben Ruhezeit, guter Mann", brummt er, „kommen Sie ein anderes Mal."

„Wer will da was?!", ruft jemand mit dünner Stimme.

„Kundschaft", antwortet der Mann über die Schulter weg und öffnet noch ein Stückchen weiter die Tür. Ich kann beobachten, wie eine Dame in luftigem Kleid hastig die Fenster schließt.

„Wie … jetzt ein Neukunde?", fragt sie zurück und schwingt sich erhaben auf ihren Drehstuhl, den Bleistift gezückt.

„O nein, kein Neukunde", berichtige ich sofort, „ich bin Ihr treu ergebener Bestandskunde, der von jeher sein Gas über Sie bezieht; jeden festgelegten Abschlag entrichte ich von Herzen.

„Ich glaube", sagt der Mann in der Tür sehr besinnlich und an die auf dem Drehstuhl posierende Dame gewandt, „wer so viel Zeit und Kraft dafür aufwendet, sich wie ein Wallfahrer an diesen Ort zu begeben, wo die Menschen bei Grabeskälte all der Frosttoten der letzten Jahre gedenken, kann nicht irgendein Dahergelaufener sein."

„Was hast du, Karl?", sagt die Frau sichtlich genervt und hantiert mit dem Stift, als habe sie gleich eine wichtige Schreibarbeit zu verrichten. „Machst du dich jetzt sentimental? Es wartet doch niemand weiter im Flur. Unsere beliebte Kundschaft ist rundum versorgt und wir können endlich mal schlafen. Die Erkalteten lass endlich ruhen."

„Dann muss ich wohl untergegangen sein", entfährt es mir mit fast stillstehendem Herzen. „Schon ein paar Kubikmeter pro Tag wären fürs erste genug, und bewilligen Sie mir mehr, worauf ich kaum zu hoffen wage, machen Sie mich zum glücklichsten Menschen der Welt."

„Na gut", sagt der Mann einlenkend und macht Anstalten, mich sogleich über die Schwelle zu lassen, aber die Dame springt flugs herbei und zieht ihn am Arm.

„Du gehst besser an die Akten", sagt sie. „Ich übernehme das hier."

„Gut", sagt der Mann gefügig und schlurft in eine unübersichtliche Ecke.

„Was genau wollen Sie?", fragt mich die Dame scheinheilig, die statt seiner nunmehr im Türrahmen steht.

„Dass ich wieder fühlen kann", antworte ich weich, „fühlen, was es bedeutet, ein wenig gewärmt zu sein."

„Wärme ist kein Gut, über das der Mensch nach Belieben verfügen kann", erklärt sie mir spitz. „Alles ist an Ressourcen gebunden, eine gerechte Verteilung das Gebot der Stunde. Wir werden halt lernen müssen, in Zeiten der Verknappung auch mal frieren zu können."

„Aber ich bezahle doch alles", bettle ich leise, obwohl ich den Reiz nur schwer unterdrücken kann, ihr ins hübsche fiese Gesichtchen zu schlagen.

„Was nützt das Bezahlen", stänkert sie weiter, während es aus dem Innenraum wie Begleitmusik kichert. „Wenn nichts da ist, kann auch nichts bereitgestellt werden. Kapieren Sie doch."

„Aber ich bin Ihr Bestandskunde und an diesem schicksalhaften Ort lege ich auch heute noch gern einen Kranz nieder."

Die Dame, deren Gesicht fein ist und noch keine Blessuren aufweist, verschränkt die Arme vor der Brust.

„Das ist für uns nicht maßgebend, Sie Heiliger. Sie sind kein Sparkunde; all unsere Sparkunden sind ihrer Sorgen ledig."

Sie hat den Satz kaum zu Ende gesprochen, da läuten draußen vom nahen Kirchturm die Glocken.

„Und nun gehen Sie mit Gott. Wir schließen Punkt sechs."

Ich schultere meinen Rucksack, stelle dem bösen Geschöpf die Gasuhr direkt vor die Füße und gehe mit schnellen Schritten den Flur entlang; der scheint vor lauter Türen kein Ende zu nehmen.

„He, Sie da!", ruft mir die Trulla auf einmal nach.

Ich bleibe stehen, drehe mich aber nicht um.

„Rechts ist die Kleiderkammer!", ertönt es halb verächtlich, halb befriedigt. „Auf eine Fleece-Decke haben Sie Anspruch!"

Ich wende mich um. „Du arrogantes Miststück!", schreie ich aus voller Kehle zurück, während sie schon nicht mehr dort steht. Mein Atem wird langsam ruhiger. Um ein paar Kubikmeter Gas habe ich gebeten, doch sie hat mir alles verweigert, hat mich mit Hohn und Spott zurück in den Frost geschickt. Draußen steige ich auf mein Stahlross, und in scharfem Trab zieht es mich fort, fort bis hin zum Polarkreis, wo ich mich bei den Eskimos in einer Schneehöhle für immer verliere.

La Lula

Dämmerung zog auf.

„Wie weit müssen wir noch?"

„Siehst du dort vorne den Zaun?"

„Ja, seh' ich. Und dahinter ein unscheinbares Gebäude. Meinst du, das ist das viel gerühmte La Lula?"

„Gewiss. Eine Spitzenküche. Los, komm jetzt!"

„Wo bleiben die anderen?"

„Keine Ahnung. Entweder sind wir die Ersten oder die Letzten."

Sie klopften an die verschlossene Tür; sie öffnete sich.

„Sie wünschen?" Die Stimme des Gastronomen klang unwirsch. „Wir haben heute eigentlich geschlossen, brauchen mal Ruhe. Ein Ansturm in letzter Zeit."

„Entschuldigung", klang es radebrechend, „aber das steht nirgends. Wir sind Reisende und kommen von auswärts."

Die Tür öffnete sich etwas weiter. Der Gastronom musterte die Ankömmlinge mit sichtbarem Misstrauen. „Soso, von auswärts sagen Sie. Können Sie sich ausweisen?"

Der Angesprochene mit dem dunklen Teint und den gedrehten Haarsträhnen verzog das Gesicht.

„Was soll der Quatsch? Sehen wir wie Verdächtige aus? Hab' keinen Ausweis dabei." Er blickte seinen Gefährten unsicher an. „Hast du deinen einstecken?"

Der schüttelte den Kopf.

„Nee, bedaure, kann ich nicht mit dienen." Er wandte sich dem Gastronomen zu. „Wir gehören zu einer größeren Gesellschaft. Die Vorhut wird sicher schon hier sein."

„Stimmt. Aber kein Mensch verfügt über Papiere … Wer sind Sie überhaupt?"

„Unerhört! Was fällt Ihnen ein! Erkundigen Sie sich doch in den umliegenden Gasthäusern. Die haben wir alle abgeklappert, sind dort im Gästebuch registriert."

„Nun, wenn Sie meinen, dass man Sie woanders auch ohne Nachweis Ihrer Identität willkommen heißt, dann schlage ich vor, Sie machen sich gleich dorthin auf den Weg."

„Aber unsere Leute sind doch bereits hier, wir hören sie im Hintergrund, wollen mit ihnen gemeinsam den Ausklang des Sommers feiern. Bitte seien Sie kulant, verderben Sie uns nicht den Abend."

Die Tür wurde jetzt vollständig geöffnet.

„Na schön, dann treten Sie ein. Hoffentlich macht das nicht Schule." Der Gastronom führte sie beide an einen langen Tisch. „Wie Sie sehen, haben sich die anderen Drängler schon einen Stuhl ergattert." Der Mann verschwand eilig.

„Hallo!", rief einer der jungen Männer. „Kommt, setzt euch. Keiner muss stehen. Hattet ihr auch solchen Stress? Sie haben sogar für uns am Schließtag den Tisch gedeckt, gibt aber nicht alles. Ein Dilemma. Jetzt sind sie krampfhaft bemüht, aus der Not eine Tugend zu machen. Schnaps geht sogar aufs Haus. Gäste aus aller Welt zieht es in diese Wirtschaft."

„Ganz richtig, aber das ist noch nicht alles. Man kann hier auch nächtigen. Für den Fall, dass es spät wird."

„Ja, davon hab' ich gehört. Allerdings nur Not-Aufbettungen im Konferenzraum."

Eine beleibte männliche Servierkraft mit Schürze erschien zum Befehlsempfang.

„He, bringen Sie uns mal die Karte! Wir sterben fast vor Hunger."

„Sehr wohl, aber ich muss Ihnen gestehen – wir haben heute nur Hühnerbrühe und gemischten Salat."

Alle am Tisch zogen lange Gesichter.

„Damit dürften Sie fürs erste über die Runden kommen."

Ein lautes Murren setzte ein. „Und wie sieht es mit dem Schnaps aus?"

„Den können Sie bestellen bis zum Umfallen."

Etwa zwei Stunden später erschien der Gastronom auf der Bildfläche. Er tippte nervös auf seine Uhr am Handgelenk.

„So", sagte er mit ernster Miene, „Feierabend die Herrschaften."

Ein Lallen und radebrechendes Grölen setzte ein. „Wir wollen aber noch bleiben … bleiben … Sie haben doch Betten!"

„Nein, nehmen Sie bitte Vernunft an!"

„Können Sie uns nicht wenigstens dulden … dulden? Draußen streunen die Wölfe. Bitte, nehmen Sie uns in Obhut."

„Das fehlte gerade noch."

„Verstehe, Sie lehnen uns ab. Das ist der Gipfel absoluter Gästeverachtung. Schnaps … Schnaps!"

„Meine Herren, dafür, dass Sie hier alle ohne Papiere aufkreuzen und uns womöglich namentlich etwas vormachen, riskieren Sie eine ziemlich große Lippe."

„Jetzt werden Sie ausfallend. Man darf ja wohl noch seine Meinung sagen. Machen Sie sich auf eine Beschwerde an höherer Stelle gefasst."

„Gerne. Aber erst mal wird unser Herr Machatschek abkassieren."

„Nicht Ihr Ernst. Für den Rausschmiss sollen wir auch noch bezahlen? Keinen einzigen Cent kriegen Sie."

Das Gesicht des Gastronomen verfinsterte sich:

„Gut, dann rufe ich jetzt die Polizei."

Keine zehn Minuten später war zu hören, wie nacheinander mehrere Autos vorfuhren. Der Uniformierte, der eintrat, war jung, blond und trug eine Brille. Man sah seine Pistole im Holster. Nach einem hitzigen Wortgefecht rief er lässig:

„Kommen Sie jetzt. Aber bitte einzeln."

Jemand rief: „Kann man vorher wenigstens noch mal aufs Klo?"

„Bitte, bitte, aber nicht trödeln."

Es entstand ein ziemliches Durcheinander, geradezu tumultartig rannten die Leute umher. Nachdem der Toilettenraum vollständig besetzt war, spähte der Rest hektisch nach anderen Verstecken. Etliche krochen unter den Schanktisch oder verschwanden hinter Gardinen. Andere wiederum, die keinen Unterschlupf fanden, griffen plötzlich nach Messern, die auf dem Tisch lagen. Verstärkung stürmte den Raum. Auch die Toilette war Ziel der Aktion.

„Bitte verlassen Sie freiwillig das Haus! Ihr Versteckspiel ist sinnlos. Gehen Sie! Jetzt!"

„Das klingt ja wie Abschiebung. Wir werden uns wehren. Das ist eine Verletzung des Gastrechtes!"

Ein Bus, der eher aussah wie ein Container auf Rädern, fuhr vor. Die sich Ergebenden wurden nacheinander verfrachtet. Der Gastronom trat an das Fahrzeug heran.

„Sie haben Hausverbot. Ein für alle Mal."

Dann ging er zurück ins Lokal.

„Wissen Sie was, Machatschek, ich denke, wir sollten das La Lula für mindestens sechs Monate schließen und zur Erholung ins Ausland gehen. Wie wär's mit Valdonien?"

„Ich glaube, Chef, da wird wohl der neu gegründete Besucherverband nicht mitspielen. Wir können den Leuten, die als Gast zu uns kommen, den Zugang zu Speis und Trank nicht verwehren."

Obskure Begierde

Sie stand wie früher am Blechautomaten. Hier gab es einst Glimmstängel und kleine Flachmänner zu kaufen. Das Unternehmen *KNOBEL und ROSS* hatte die Intelligenz inzwischen dem Wandel anpassen lassen. Manuela warf ihren letzten Groschen ein. Zwei Hände streckten sich ihr entgegen. Sie schloss die Augen und spürte den Kuss. Dem begleitenden Zettel, den sie mühelos aus dem Schlitz ziehen konnte, war zu entnehmen, dass die Wirkung mit Zungenschlag zirka vier Stunden anhalten würde.

Residenz

Es war spät am Nachmittag, als W. aufs Rad stieg. Das Bild der Straße zeigte einen unruhigen Verkehr. Von der Residenz war noch nichts zu erkennen. Seine Blicke schnellten über gleichförmig gestaltete Fassaden. Auch nicht die leiseste Veränderung am Rande des Städtchens deutete das neue Schloss an. Aber kurz darauf stieß W. auf den Komplex eines dreistöckigen Baukörpers, der sich in einem stumpfen Winkel erstreckte, schnittig-sauber und im Großen und Ganzen ohne verschönerndes Beiwerk, bis auf jenen Turm, einen einförmigen Rundbau mit kleinen Fenstern und Mauerzinnen. Daran vorbei bewegte sich ein nicht enden wollender Verkehr.

W. war inzwischen vom Rad gestiegen, hatte es irgendwo angelehnt und wandte sich nun dem Gebäude zu. Unweit vom Eingang auf Bänken hockten Menschen, die wie verkrümmte Skulpturen aussahen. Davor, beinahe so, als sei er der Schöpfer jenes Bildnisses, saß im Rollstuhl ein alter, gut gekleideter Mann und rauchte in unablässigen Zügen. Ihm fehlte ein Bein, doch schien er diesen Umstand eher gelassen zu nehmen. Mit halb geöffneten Augen beobachtete er den fließenden Verkehr.

„Hallo!", begrüßte ihn W., nicht ganz frei von Befremdung.

Der alte Mann hob ein wenig die Hand.

„Du siehst dir das neue Schloss an?"

„Ja", antwortete W., „ich interessiere mich für jeden Fortschritt im Ort."

„Und? Entspricht der Anblick deinen Erwartungen?"

„Um ehrlich zu sein, man könnte den ganzen Komplex für eine normale, freundliche Wohnstätte halten."

„Ein normale Wohnstätte?", erwiderte der alte Mann, immer noch halb in sich gekehrt den Verkehrsstrom verfolgend. „Du übersiehst den Turm und die Zinnen. Das Schloss wurde ganz nach unserem Bilde gebaut. Eine Residenz für Senioren, die Komfort und Würde vermittelt."

„Verstehe", lächelte W. „Und Sie alle hier auf dem Vorplatz gehören zum Herrenhaus?"

Der Einbeinige ließ seine Zigarette aufglimmen.

„So ist es."

„Kann man vielleicht den Schlossherren sprechen?", fragte W. ihn.

„Da wirst du wohl kein Glück haben. Der sitzt im Hauptschloss am anderen Ende der Welt. Er hat eine große Machtfülle, doch man kann nicht mit ihm kommunizieren."

W. runzelte die Stirn.

„Und wie steht es mit dem Dienstpersonal?"

Ein rasselndes Gelächter war zu vernehmen. In die Skulpturen im Hintergrund schien wieder Leben zu kommen.

„Bedienstete sind hier rar", betonte der alte Mann. „Nur manchmal, noch ehe man sich versieht, huschen ein paar von diesen Figuren durchs Haus, von ihrem Drang nach Kontrolle bestimmt."

„Soll das heißen, ihr seid euch weitestgehend selbst überlassen?"

Der Einbeinige ließ seine Zigarette abermals aufglimmen und sagte fast spröde:

„Wir Senioren sind es inzwischen gewohnt, unsere Angelegenheiten eigenständig zu regeln."

„Das klingt beachtlich", sagte W., „aber was ist mit der Pflege?"

„Wenn Menschen wie unsereins nicht größtenteils für sich selbst sorgen könnten, wäre ein Umzug in eine derart freizügige Residenz wohl kaum anzuraten."

Ein Schweigen folgte, dann fuhr er im gleichen Ton fort:

„Man kann hier in Ruhe den fließenden Verkehr beobachten und dabei in seine eigenen Gedanken versinken; fast eine meditative Übung, die sogar hypnotisierend wirken kann. Es ist ein Gefühl, als ob das ganze Leben an einem vorbeizieht … Warum willst du denn unbedingt den Schlossherren sprechen?"

„Ich möchte um einen Platz in der Residenz ersuchen."

„Soll das ein Scherz sein?"

„Keineswegs. Mir schwebt vor, Mitglied Ihrer Gemeinschaft zu werden."

„Bist du noch zu retten?!", sagte der alte Mann. „Ein junger, quirliger Kerl, der vermutlich jeden Tag aufs Rad steigt, will hier einziehen? Merke dir, wir nehmen keine Gesunden. Für Menschen mit deiner Konstitution ist solch ein Ansinnen geradezu abwegig."

„Mag sein", entgegnete W. nachdenklich. „Aber wissen Sie, allein die Vorstellung, dass der Tag unweigerlich näher rückt, wo ich womöglich mit Wasser in den Beinen und flimmernden Vorhöfen am Rollator laufe, stürzt mich in tiefste Bedrängnis. Also kann es für meinen Seelenfrieden nur gut sein, diese schreckliche Zeit des Wartens und Ausharrens zu überbrücken, indem ich mich rechtzeitig eurer Obhut anvertraue. So wäre ich stets von der Realität des Alterns umgeben."

Der Einbeinige ließ seine Zigarette aufglimmen. Der Verkehr floss gleichmäßig vorbei.

„Die Anmeldezeiten hier sind beträchtlich", sagte er schließlich. „Es gibt Wartelisten … Setz dich lieber aufs Rad und erkunde die schöne Gegend."

Mit etwas bedrückter Miene löste sich W. aus der Szene und fuhr eilig davon.

Schon am folgenden Tag saß er wieder im Sattel und radelte hinüber zum Schloss. Der alte Mann winkte ihm, näher zu kommen, drückte ihm mit versonnener Miene die Hand und wies auf einen leeren Rollstuhl neben sich.

„Ich dachte mir schon, dass du erscheinst", sagte er. „Komm, nimm dort Platz, leiste mir ein bisschen Gesellschaft."

W. setzte sich probeweise.

„Und nun vertiefe dich und schaue zur Straße."

Einige Minuten verstrichen. W. empfand eine seltsame Mischung aus Neugier und Unbehagen. O Gott, dachte er bei sich, dieser unendliche Verkehr, einfach nur lästig. Wo soll das bloß hinführen?

„Und?", fragte der Einbeinige nach einem Weilchen, „ist es nicht ein bisschen wie das Beobachten von Wellen am Meer?"

W. nickte schwach. Eine unbezwingbare Empfindung erfasste ihn; er hatte plötzlich das unbestimmte Gefühl, einen Teil seiner Mobilität und Unabhängigkeit zu verlieren. Voller Anspannung klebte er in dem Rollstuhl. Es war eine anhaltende, fast physisch spürbare Abneigung gegen alles, was ihn umgab. Schneller als gedacht stand W. wieder auf den Beinen.

„He, warum denn so eilig?" Der alte Mann hob den Blick. „Wo willst du denn hin?"

„Ich muss los!", rief W. Sein Puls war hoch. Er riss sich zusammen und presste heraus: „Ist schon recht bequem so ein Rollstuhl … Aber längst nicht so flexibel wie mein Rad."

Alle Tage, Wochen und Monate darauf umfuhr W. stets in weitem Bogen das Schloss. Der gute Mann wird mich vermissen, durchfuhr es ihn reuig. Ach, Zigaretten, Obst und Konfekt hätte ich ihm bringen sollen.

Die Jahre verflogen und wie durch ein Wunder schien die Gebrechlichkeit auszubleiben. Bin ich etwa unsterblich?, fragte er sich. Seine Augen leuchteten. Inzwischen hatten seine Frau und er fünf Enkel, und er näherte sich bald seinem Siebzigsten. Die Rolle des Märchenonkels war W. auf den Leib geschrieben. Und kaum ein Treffen mit ihnen verging, bei dem sie ihren Großvater nicht darum baten, die Geschichte vom alten Schloss zu erzählen.

Selbstinszenierung

Ich ging ins Schauspieltheater und setzte mich in die siebte Reihe. Es waren kaum Leute gekommen, gerade mal fünf. Als sich der Vorhang auftat, sah ich mich plötzlich selbst auf der Bühne. Das Stück dauerte höchstens dreißig Sekunden, mit dennoch sehr aufwendiger Dekoration. Am Ende der Vorstellung gab es keinen Applaus.

Als ich draußen war, fragte ich einen der Leute, weshalb er nicht geklatscht habe? Er maß mich vom Scheitel bis zur Sohle und meinte, mit der Frage nichts anfangen zu können. Ich wurde deutlicher, indem ich zu erfahren suchte, weshalb er überhaupt hier sei. Er machte eine unbestimmte Bewegung und erwiderte:

„Na aus Langeweile."

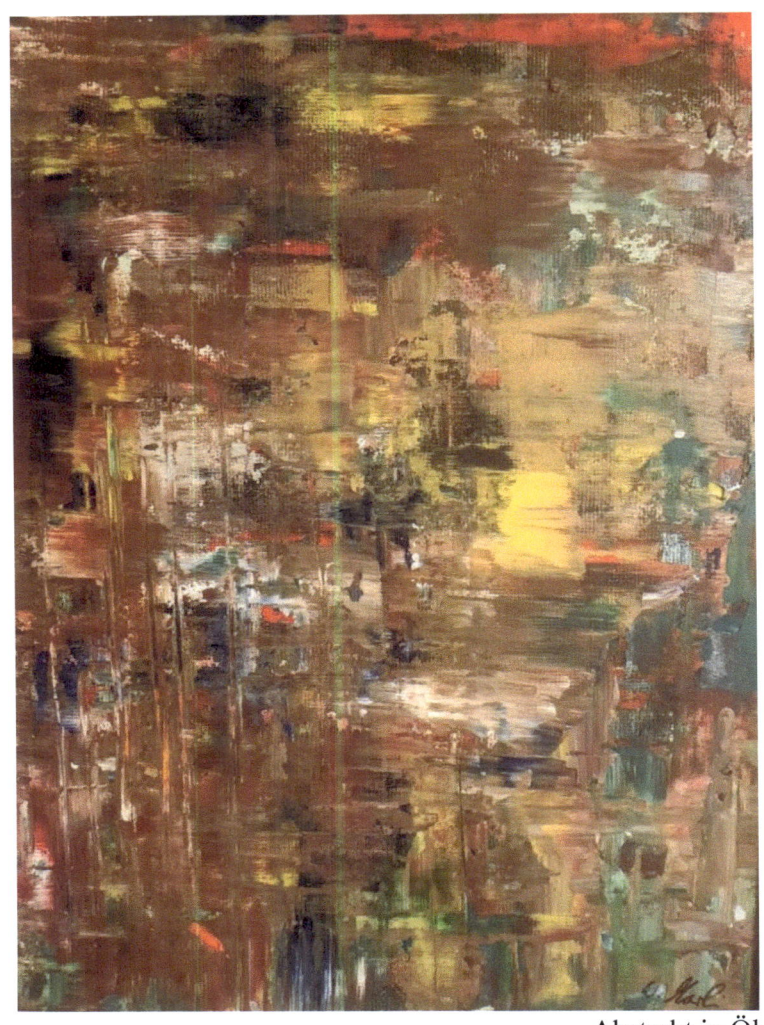

Abstrakt in Öl

Gruber

Während ich hinter dem Schreibtisch bereits seit Stunden auf ein paar neue Ideen wartete, die mir nach etlichen Bogen zerknüllten Papiers einfach nicht aus der Feder fließen wollten, kam es, dass ich auf meinem Bürostuhl unwillkürlich an Gruber zurückdenken musste …

Er hat sich bei unserem jüngsten Treffen nicht anders verhalten, als ich es schon aus meiner Studienzeit mit ihm in den frühen Neunzigerjahren kannte, wo er nach zwei, drei großen Hefeweizen bald geplatzt ist vor Emotionen. Allen hat er am Tisch den großen Zampano gemacht und sein unerschöpfliches Witze-Repertoire abgezogen. Er hat sich nicht im Geringsten geändert – es ist nur noch schlimmer geworden. Und ich denke, dass es ein ernstzunehmender Fehler gewesen ist, die auf Initiative Grubers verschickte Einladung anzunehmen.

Achtundzwanzig Jahre hatte ich die ehemaligen Kommilitonen nicht mehr gesehen, und ausgerechnet an meinem Geburtstag fand ich Grubers Karte im Briefkasten vor und ohne Umschweife habe ich mein Kommen bestätigt. Warum bin ich dorthin gefahren? Was suchte ich in diesem Kreis von Leuten, mit denen ich seit fast drei Jahrzehnten keinen Kontakt mehr gehabt habe und unter denen ich mich damals nie sonderlich angenommen gefühlt habe? Jeder ist seinen Weg gegangen, und auch ich habe meinen eigenen Weg eingeschlagen. Was also erwartete ich in der von Gruber ausgesuchten Räumlichkeit jenes Brauhauses namens *Landskron*, fragte ich mich und gestand mir nach tiefschürfender Selbstanalyse ein, dass ich einem augenblicklich starken Verlangen nach Aufmerksamkeit nachgegeben hatte und dass ich einem solch enthusiastischen Wunsch nach Beachtung niemals hätte erliegen dürfen.

Das lässt sich im Nachhinein leicht sagen; hatte ich doch in den zurückliegenden Wochen plötzlich den Antrieb gehabt, in die gemauerte Stadt zu gehen, welche ich ihrer wuchtigen Quader wegen sonst lieber mied wie auch den Wahnsinn von Himmel und Menschen, der mir auf einmal höchst angenehm war, vermutlich, weil ich endlich und entschieden dem wochenlangen Alleinsein in meiner Dachkammerwohnung, meiner mich ängstigenden Verkümmerung entgehen wollte. Dieses tagtägliche Herumwandern zwischen den Blöcken hat mir geistig ebenso wohlgetan wie meinen Extremitäten, vor allem den unteren, die ich ihrer Vernachlässigung wegen über ein halbes Jahr lang habe am Stock führen müssen; ja es belebte mich auf einmal, entlang der ewig gleichen Fassaden zu gehen, entlang der nachgedunkelten Giebel und den Blick des ein oder anderen Mädchens auf mich zu ziehen, wenn auch nur für zwei, drei Sekunden, aber mit dem berührenden Gefühl, bemerkt worden zu sein.

Auch wenn ich nach monatelangem Tief wieder in Gang und zu Kräften gekommen war und es bei meiner von Tag zu Tag fortschreitenden Wiederbelebung für wichtig empfand, verstärkt unter Leute zu gehen, vor allem unter Menschen, die ganz in der Bühnen- und Dichtkunst aufgehen, ist es eine Riesendummheit gewesen, der Einladung Grubers Folge geleistet zu haben, denn ich wollte ja weder von Gruber noch von sonst wem an den Schnee von gestern erinnert werden. Und da flattert mir morgens diese Karte ins Haus, ausgerechnet an meinem Geburtstag. Was hat mich bewogen, die Einladung anzunehmen?, fragte ich mich, und ich sagte mir, dass ich meiner Eitelkeit nachgegeben habe und dass ich einem solchen Verlangen, mich durch Grubers Kontaktaufnahme geschmeichelt zu fühlen, niemals hätte nachgeben dürfen.

Nach beinahe drei Jahrzehnten ist doch das meiste verblasst, sinnierte ich weiter am Schreibtisch. Und dann liegt eines Tages diese Postkarte vor dir und du entwickelst ein beinahe wehmütiges Gefühl und kannst es schließlich gar nicht erwarten, rechtzeitig am Bahnhof zu sein, um ja nicht den Zug zu verpassen, der mit dir zum vereinbarten Treffpunkt nach G. reist.

Achtundzwanzig Jahre ist es her, dachte ich weiter, dass du dort weg bist. Und all die Jahre hast du von den anderen nichts mehr gehört und gehst eines Morgens völlig ahnungslos zum Briefkasten und lässt dich von Gruber ins *Landskron* einladen und erzählst auch noch überall, wie sehr du dich auf ein Wiedersehen freust.

In meinem dunkelblauen, noch recht gut sitzenden sogenannten *Außendienst-Anzug,* den ich vor zwanzig Jahren bei *Schirmer* drei Häuser weiter käuflich erworben habe und bei meinen Akquisen regelmäßig getragen hatte, saß ich im Speisewagen, blätterte in meinem erst kürzlich erschienenen dritten Gedichtband und fantasierte darüber, was mich in gut anderthalb Stunden wohl im Brauhaus erwarten würde. Ich hatte nicht weit zu gehen; vom Bahnhof aus, das wusste ich noch, beträgt die Entfernung höchstens zehn, zwölf Minuten.

Warum habe ich nur so viel Schwäche gezeigt und alles in mir verleugnet, dachte ich jetzt hinter dem Schreibtisch. Sich im Nachhinein damit zu quälen, ist müßig, sagte ich mir. Wahrscheinlich hätte ich die Einladung abgesagt, hätte mich nicht die Karte auf so seltsame Weise berührt. Wie hätte ich ahnen sollen, dass ich Gruber und der ganzen Mischpoke damit auf den Leim gehen würde.

Ohne im Eilschritt innezuhalten und mit stetig nervösem Blick auf die Uhr bin ich die Straße hinunter gehastet. Allein die Angst, womöglich der Letzte zu sein, hätte mich fast noch zur Umkehr bewegt. Und eine innere Stimme sagte: Auch wenn du zugesagt hast, niemand, mein Freund, kann dich letztlich zur Teilnahme zwingen. Ein verrücktes Wortspiel war das, als ich mich unter einer Schar von Gästen die Treppe hinauf mühte und bei jedem Schritt in einem fort murmelte: „Ich gehe hinein … ich gehe nicht hinein … ich gehe hinein ... ich gehe nicht hinein!" Vom Pulk der Menge mehr oder weniger mitgerissen, trieb ich hinein. Ich war übertölpelt, kein Entkommen mehr möglich.

In diesem Gewölbe habe ich mich vor achtundzwanzig Jahren mit einigen aus der Seminargruppe, allen voran Gruber, gelegentlich beim Glas Bier zum Smalltalk getroffen. Um sich aus dem Durchschnitt herauszuheben, hatte Gruber immer sofort seine Mittelpunktrolle eingenommen und versucht, den Einfluss anderer durch geschickte Manöver auszuschalten. Das sollte einfach mal der Vergangenheit angehören, sagte ich mir. Du bist nicht hier, um dich in jemandes Schatten zu stellen. Ein solch nostalgisches Wiedersehen kann nicht dazu ausgenutzt werden, alle anderen an die Wand zu spielen.

Oft passiert es mir, dass ich vor einem vertrauten Menschen stehe und beim besten Willen nicht auf den Namen komme. Umso mehr überraschte es mich, dass ich diesmal sofort den Namen zu einem Gesicht fand, das ich vor achtundzwanzig Jahren zum letzten Mal gesehen hatte: Erika Liebehentschel.

Sie war mächtig gealtert, erinnerte ich mich hinter dem Schreibtisch. Ihr helles Haar fiel ihr immer noch strähnig bis auf die Schultern. In einem der letzten Semester hatte Gruber damit geprahlt, schon während der Immatrikulationsfeier mit ihr in einem der dem Festplatz nahegelegenen Büsche verschwunden zu sein. Zusammengeblieben sind sie nicht. Irgendwo waren beide unauflösbar gebunden.

Damals hatte ich angefangen, nebenbei Gedichte zu schreiben, und hatte ihr aus Schwärmerei das eine oder andere mitgegeben. Nicht lange und sie erschien mit eigenen Versen, wollte ganz aufgekratzt wissen, wie ich sie fände. Ich blieb bei der Wahrheit. Wie besessen begann sie nun fortwährend daran herumzudoktern. Aber was auch immer ich an Neuem zu lesen bekam, es ließ mich kalt. Beim Studium in unserer Fachrichtung Wärmetechnik hatte sie sich als die notorische Streberin mit perfekten Noten hervorgetan, während ich mich durch einzelne Fächer regelrecht habe quälen müssen. Ihren Triumph darüber ließ sie mich spüren. In solchen Momenten ärgerte mich, dass ich es nicht habe über mich bringen können, ihre schlechten Gedichte zu loben.

Von den zwanzig oder dreißig Anderen, die zu dem nostalgischen Studententreffen in der Zwischenzeit gekommen waren, erkannte ich zwar die meisten Gesichter wieder, die Namen dazu allerdings waren mir scheinbar über all die Jahre verloren gegangen. Ich überlegte kurz, ob Umarmungen angebracht wären, verwarf aber schnell den Gedanken und beließ es bei einem kurzen, begrüßenden Nicken.

Meine Annäherung an die Liebehentschel geschah äußerst zaghaft. Sie hatte das knöchellange rostrote Faltenkleid angezogen, das ich schon aus Urzeiten kannte und das aussah, als wenn es aus einem Theatervorhang geschneidert wäre. Dabei hat diese Frau überhaupt keine Ader fürs Schauspielen, resümierte ich hinter dem Schreibtisch.

Am besten du verdrückst dich gleich wieder, hatte ich mir in dem Augenblick gesagt, wo ich von ihrem Gesicht habe ablesen können, wie verdutzt sie über mein Auftreten war. Ob sie mich noch kenne, war es mir ganz konsterniert über die Lippen gekommen. Sie bejahte es und kommentierte dazu, sich an meinen wippenden Gang zu erinnern. Ein Affront, angesichts dessen ich es verfluchte, tatsächlich ins *Landskron* gegangen zu sein. Aber ich hatte meinen Fuß nun mal über die Schwelle gesetzt, stand mitten drin in der Meute; es war nicht zu ändern.

Etliche rauchten und fast alle tranken Prosecco; nur wenige, wie ich, bevorzugten Bier. Einige der Anwesenden um mich herum gaben sich so, als merkten sie nicht, mit welch unverhohlener Neugier ich sie betrachtete und ihren Stimmen lauschte. Für manche von ihnen lag mir der Name schon fast auf der Zunge. Ich habe mich herangetastet, habe trotz der mir abhanden gekommenen Namen das Gespräch gesucht. Sie aber wiegelten alles sofort ab, indem sie so taten, als verstünden sie meine Worte schlecht, drehten sich einfach weg, grinsten spröde oder schauten betreten zu Boden.

Angestrengt hielt ich nach Gruber Ausschau. Ob ich ihn nur nicht erkenne? Mit meinem Glas in der Hand schlängelte ich mich durch die Menge. Vergeblich. Irgendwann fand ich mich neben der Liebehentschel wieder. Kurioserweise hatte die Dame inzwischen kurzzeitig den Part einer Bedienkraft übernommen. Ich sehe sie noch einherschreiten und eine Flasche Prosecco nach der anderen in die ihr beliebig hingehaltenen Gläser leeren. Ab und zu warf sie den Kopf zurück und brach in ein gezwungenes Lachen aus.

Nachdem vom Service des Hauses mehrfach nachgefragt worden war, ob mit der Bestellung des Essens begonnen werden könne, wechselte die ganze Gesellschaft vom Empfangsbereich in den Saal. Etwas in mir wehrte sich. Ich zauderte, blieb noch ein Weilchen im offenen Türrahmen stehen. Mein schräges Dachkammerstübchen stand mir vor Augen und ich dachte, dass es vielleicht klüger gewesen wäre, an meinen Bildern weiter zu malen oder meinen Rilke zu lesen oder an meinen eigenen Texten zu arbeiten, oder auch nur ganz unbefangen durch die gemauerte Stadt zu laufen. Trotz des flauen Gefühls, das mehr war als nur Unbehagen, lag mir daran, gute Miene zu machen, mir keine Blöße zu geben und einfach nur auf die für mich alles entscheidende Gelegenheit meines Auftritts zu warten. Also ging ich hinein.

Für gewöhnlich, wenn man als Letzter einen mit Menschen gefüllten Raum durchschreitet und erkennt, dass alle bereits platziert sind, fühlt man sich angestarrt. Doch zu meinem Erstaunen war hier kein Auge auf mich gerichtet. Je unbemerkter mir von Minute zu Minute meine Anwesenheit vorkam, desto lächerlicher empfand ich dieses nostalgische Treffen. Überhaupt sah ich mich insgeheim selbst als einen lächerlichen Menschen, der extra hierhergereist war, nur um durch einen künstlerischen Beitrag bei seinen einstigen Mitstreitern Aufmerksamkeit zu erregen. Zu meinem Unmut waren alle Tische belegt, und ich registrierte stumpfe von mir abgewendete Blicke. Die Empfindung, nicht gerade willkommen zu sein, verstärkte sich noch, als ich mich gezwungen sah, mir in nervöser Hast von nebenan einen Stuhl zu besorgen und mich unter Gemurre an einen der voll besetzten Tische zu zwängen. Mein Gegenüber und ich sahen einander an. Wie durch ein Wunder schoss mir blitzartig sein Name durch den Kopf. Es war Hebestreit, der mich mit ernster, genauer gesagt abschätzender Miene betrachtete.

Ich kam nicht dazu, mir näher Gedanken darüber zu machen, warum ich mich fehl am Platz fühlte und ob es nicht sein könnte, dass die Einladungskarte eine reine Formalie gewesen war, die ich auch durchaus ignorieren und in den Papierkorb hätte befördern können. Von ihrem Platz aus gab die Liebehentschel bekannt, dass sich Gruber leider verspäte und aller

Voraussicht nach nicht vor dreiviertel neun Uhr im *Landskron* eintreffen werde; sie hätten gerade miteinander telefoniert.

Eine beschürzte Dame vom Service huschte herein, um die Essensbestellungen aufzunehmen, wurde aber von der Liebehentschel, die instinktiv auf die Uhr sah, sogleich auf später vertröstet. Im Grunde eine Frechheit von ihr, dachte ich hinter dem Schreibtisch, sich zu erdreisten, die Anwesenden auf Gruber warten zu lassen und uns alle durch dieses zwanghafte Ausharren zur Kulisse für ihn zu machen.

Alkoholische Getränke hatte man zur Genüge nach und nach auffahren lassen, überall Salzstangen auf den Tischen verteilt und Gebäck hingestellt. Wenn der Verzug mit dem Essen noch länger andauert, sagte ich mir, wird es am Ende wohl auf ein Nachtmahl hinauslaufen. Wenigstens die Vorsuppe hätte die affektierte Trulla doch schon zum Servieren freigeben können, dachte ich hinter dem Schreibtisch.

Eigentümlicherweise schien sich niemand an diesem Irrsinn des Wartens und Hinausschiebens zu stören, ganz im Gegenteil, ich hatte eher den Eindruck, dass es die meisten als eine Außerordentlichkeit ohnegleichen empfanden, einen solchen Menschen in Bälde in ihrer Mitte zu haben.

Ich erinnere mich, wie mich plötzlich diese übermäßig innere Erregung ergriff, ja, wie ich förmlich darauf brannte, mit ein paar poetischen Einlagen die Zeit bis zum Eintreffen Grubers zu überbrücken; ich zog also recht unbeholfen mein selbst illustriertes Heftchen aus der Tasche und platzierte es neben meinem Gedeck. Hebenstreit warf einen ungläubigen Blick darauf und sah mich einige Male stirnrunzelnd an. Andere am Tisch flüchteten sich beim Bemerken des Heftchens in eine geistige Abwesenheit. Ich war für jene wohl gerade noch zu ertragen, wenn ich es bei dem Versuch beließe, mich in rhetori-

117

scher Weise zur Geltung bringen zu wollen. Später erinnerte ich mich, dass meine Ohren heiß wurden und mein Herz bis zum Halse anfing zu schlagen. Ich haderte mit der Absicht, mein Heftchen schnell wieder wegzustecken, aber es lag neben meinem Gedeck wie angeklebt.

Die Liebehentschel ihrerseits versuchte nun die Wartezeit zu verkürzen, indem sie anfing zu rühmen, was für ein grandioser Wissenschaftler Gruber war, der mit seiner Dissertation über die thermodynamischen Vorgänge in unterschiedlichen Mauerwerken den Höhepunkt seiner Karriere erreicht habe. Das laute Geschwätz um mich herum hatte sich nach und nach in eine gebannte Aufmerksamkeit verwandelt. Immer wieder sagte die Liebehentschel die Worte *grandioser Wissenschaftler* mit einer Stimme, die mich anwiderte. Allein wie sie den Namen *Gruber* aussprach und noch dazu das Wort *Entropie* in den Mund nahm, war für mich nichts als abstoßend.

Je länger ich so dasaß und mich mit ein paar Gläsern Bier zu betäuben oder mehr oder weniger über die Runden zu bringen versuchte, desto stärker wuchs in mir das Gefühl, dass meine Abneigung gegen all das Befremdliche beinahe schon Hass war. Sogar eine Professur, hieß es weiter, solle Gruber inzwischen anstreben, in der Hoffnung, schon bald alle möglichen Lehrstühle an diversen Akademien innezuhaben; zudem bestünde begründete Aussicht, einmal von dieser, einmal von jener Universität eingeladen zu werden, um in geselliger Runde über das Ergebnis seiner Forschungen reden zu dürfen. Mein Unbehagen in diesen Momenten löste die ersten leisen Gedanken an Flucht in mir aus. Aber jetzt aufstehen, einfach gehen, abhauen, mich verpissen? Noch keine günstige Gelegenheit in Sicht.

Ein manieriertes Gehuste vorausschickend stob Gruber mit wehendem Mantel gegen halb zehn Uhr herein. Die Tür flog ins

Schloss. Gruber platzierte sich, noch ganz außer Atem, an einem separaten Tisch, darauf spekulierend, dass sich gleich die ersten mit ihren Stühlen um ihn scharen würden. Und tatsächlich, wie magisch angezogen fühlten sich alle von ihm. Und so saß Gruber bald wieder im Zentrum jener ehemaligen Kommilitonenschaft wie vor dreißig Jahren.

Schleunigst stellte die halb gebeugt laufende Dame vom Service jedem die verspätete Vorsuppe hin. Ich saß mit verzerrter Miene abseits und beobachtete angewidert die mit Gravitationskraft zu Gruber hin driftende Meute. Sie lauschte seinen pathetischen Worthülsen, während er hastig und als einziger seine Suppe schlürfte. Es sei heute kein sonderlich guter Vortrag gewesen, sabberte er, es hätte schon weit bessere Liveauftritte von ihm gegeben. Das Mikro sei im wahrsten Sinne des Wortes ein technisches Unding gewesen, zumal er auch noch einen Frosch im Hals gehabt habe, so dass die Zuhörer im Saal ständig „lauter, lauter" gerufen hätten. Jedenfalls habe er sein Bestes gegeben, wäre so richtig aufgegangen in seinem Dozieren über die *allgemeine, der praktischen Berechnung dienende Enthalpiebilanzgleichung der Prozesseinheit.*

Ich richtete mein Augenmerk auf die Liebehentschel, welche ihrerseits naturgemäß Gruber beobachtete, um sein Sabbern beim Löffeln und Reden als etwas ganz Einmaliges in sich aufzunehmen. Die *Entropie* als Maß für die Unordnung oder Zufälligkeit in einem System sei schon jahrzehntelang sein Lieblingsthema gewesen.

Das Gedränge und Stühlerücken um Grubers Tischchen, erinnere ich mich, hatte mittlerweile groteske Formen angenommen. Meine Chance, in letzter Minute doch noch bemerkt zu werden, lag bei nahezu Null. Zeitweilig befiel mich beim Zuhören sogar etwas Neid, wie er die Begriffe Enthalpie, Entropie,

Fluid in den Mund genommen und dann mehrmals in verschiedenen Nuancen wiederholt hatte.

Vorsichtig, Schritt für Schritt, den Blick stoisch nach vorne gerichtet, begab ich mich in den Rückwärtsgang. Niemand aus der Gesellschaftsmeute schien auch nur im Geringsten Notiz davon zu nehmen. Es war einfach bedrückend gewesen, dachte ich hinter dem Schreibtisch, plötzlich unsichtbar geworden zu sein. Erst im Freien, zwei, drei Stufen der Eingangstreppe überspringend, empfand ich Erleichterung. Ich weiß noch, wie ich strammen Schrittes die Straßen und Gassen entlanggeeilt bin, als würde ich einem bösen Traum davonlaufen. Schon bald kamen mir erste Bedenken, ob es überhaupt der richtige Weg zum Bahnhof war. Ich trieb im Häusermeer, einem schier endlosen Ozean, mich die Platze ärgernd, dass ich nicht zu Hause geblieben bin, sondern unbedingt nach G. fahren und dieses unselige Brauhaus aufsuchen musste? Und ich lief und lief, wie wenn ich noch einmal den alten Zeiten davonliefe. Was hatte mich bloß geritten, fragte ich mich hinter dem Schreibtisch, Grubers Einladung anzunehmen, ja mich im Endeffekt einer solchen Selbstinszenierung auszusetzen? Richtig befreit habe ich mich gefühlt, diesem *narzisstischen Gruber-Treffen* entkommen zu sein. Der Gedanke in meinem Kopf begann sich zu festigen, dass ich über diesen *nostalgischen Kommilitonen-Abend im Landskron* schreiben werde, alles was mir spontan dazu einfällt. Nur muss ich es gleich tun, sofort, ehe noch mehr Zeit verstreicht, womöglich etwas Unvorhergesehenes geschieht, es vielleicht dann zu spät ist …

Woltersdorf

Wenn mir die Uhr die Schritte zählt

Wenn mir die Uhr die Schritte zählt
mit ihren grünen Zeiger-Beinen,
frühmorgens nach dem Traum, dem einen,
stürzt alles hin in Pünktlichkeiten
und wie besessen tun die Zeiten,
vom bloßen Drängen angeschwollen
zur großen Arbeit, selbstgewählt,
statt gütig all die wundervollen,
nutzbaren Kräfte einzuteilen,
frühmorgens nach dem einen Traum.

Ein wenig mehr beim Kinde weilen,
o Spielzeug streichelndes Beeilen,
und still, geduldig übergeben
dem strengen, fürsorglichen Raum.
Und manchmal all den späten Bäumen,
die vor Betonwuchs mühsam steigen,
ein staunendes Hinüberzeigen
geschenkt
und jenen Trunk verschmäh'n,
der wartend steht. Der schwarze Trunk.

Jetzt wag ich ohne ihn den Schwung.
Und so viel bleibt mir: Auszuträumen.

Kraft-Werk

Die bist stark, Werk,
KRAFT-WERK.
Zeig es dem Schwach-Werk!
So ein Rohrbruch kann deine Seele
nicht töten.
Du lässt nur mal Dampf ab
vor Ärger.
Und die TURBINE summt dir
ihr friedliches Lied
vom Strom, der die Menschen
im Lichte berauscht.
Und einer schippt Kohlen
nach der letzten Ölung,
BRAUNKOHLEN.
Aber du verkraftest das,
WERK.
Sieh! Das Schwach-Werk spuckt
TEER.

Gesang von der Stadt

Ist diese Stadt nicht wie ein Wald so dicht?
Steinwald, am Ufer Bürgersteig gelegen.
Der Tag trägt Ruhe noch an mein Gesicht
und wird Geräusch und stürzt sich mir entgegen.

In dieser Stadt, die sanft sich gibt und hart,
in der sich Menschen lieben und verlassen,
träum' ich mir Bilder jetzt aus Gegenwart,
die Wolkenträume hab' ich losgelassen.

Die Häuser wachsen mir noch nicht vertrauter.
Ich kenne Menschen mit geschminkten Zügen,
die lachen hinter Masken breite Lügen
und schweigen durch die Räume immer lauter.
Nur ihre Wände scheinen aufgebauter
mit hohen Vasen, buntem Stein.

Sprich mir die Ohren wund, ich will dich hören!
Halt mir die Lider auf, ich will dich sehen!
Entferne Wände, die uns dabei stören!
Durch dich kann ich in dieser Stadt bestehen.

König Alkohol

Allnächtlich wieder
auf sprühendem Ross,
die Krone zu Haupt,
wenn du mich belachst.

Schleichst mir ins Herz
mit dem Wort der Geliebten,
machst mich lodern
am vergessenen Mund.

Mit geborgten Bildern
reit ich mit dir,
wecke Prinzessinnenschlaf.

Am Morgen
dein strauchelndes Pferd
stürzt mich in Traumschlossruinen.

Hufgetroffen des Tages Stirn.
Schmale Augen im Lichterschmerz.
Ich spüre das Moor
meines Munds.

Festungstage

Aus Festtagen werden nun Festungstage.
Die um den Markt errichtete Bastion
muss halten dem Widerstand.
Bald wirst du ausstaffiert sein
und die Kinder mitnehmen zu den Zauberbuden.
Denn die Zuckerwatte schmeckt süßer
und der Glühwein wärmt im Wind.
Bunter dreh'n sich die Pferde im Kreis.
Dein Blick spinnt dir Ängste:
die um den Markt errichtete Bastion
muss halten dem Widerstand.

Bestimmt ist wieder ein *Amok* auf dem Weg,
er sitzt schon in seinem Wagen,
er steuert uns an.
Die Menschen fallen wie Dominosteine.
Ihre Schreie sind kalt.
Und kein Abschiedswort bleibt
für eine Umarmung.

Sieh dich gut um.
Trau deinen Augen.
Geh zu den Zauberbuden.
Trink von dem Wein.
Halte die Pferde nicht an.

Aus Festtagen werden nun Festungstage.

Manches uns plötzlich fehlt

… weil wir's nun kennen.
Und von Wünschen beseelt
wir Dinge nennen,
die sah'n wir noch nie …
Und sei's dieser Feder
verchromtes Etui,
innen aus Leder.
Oder ein fruchtiger Trunk,
den einer dir reichte,
gleich wieder entzog.
Mit bestechlichem Schwung
sich Willige bog,
gauklerisch geeichte,
aus Glanz hingebogene.
Kaufkräftig. Aber indessen
gekrümmte Armut in
Bildschirmweite,
farbig,
zu Haus.
„He, doch nicht grad beim Essen!
Schalte
um.
Lass
das
bitte
aus!"

Wasserfall

Inhaltsverzeichnis

Weitere Bücher von Wolfram Martin

Luftveränderung
Roman
Eine rigide Erzählung durch stete Erweckung von Schuld, in die er sich reuig eingesperrt fühlt, prägt die verstörte Gefühlswelt des lebhaften Jungen Simon Pissarenkow im Patriarchat seiner narzistischen Eltern …

BoD – ISBN 978-3-75-571135-3 – 7.99 €

Durst und Begierde
Roman
Im österreichischen Kleinwalrital, umgeben von einer majestätischen Bergwelt, bestimmen hinterhältige Machenschaften zwischen den Hoteliers den Alltag im Gastgewerbe …

BoD – ISBN 978-3-75-571314-2 – 9,99 €

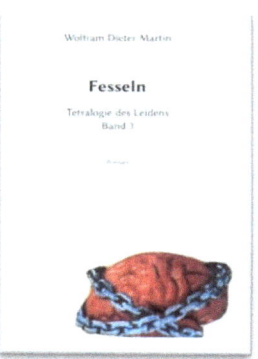

Fesseln
Roman
Auf Betreiben seines Vaters tritt Simon Pissarenkow eine Ausbildung zum Koch in einem Hotel an. Obwohl Simon sich nichts sehnlicher wünscht, als Schauspieler zu werden, beugt er sich dem Diktat seines Vaters …

BoD – ISBN 978-3-75-570047-0 – 16,99 €

Alle Bücher online erhältlich